彼女は宇宙服を着て眠る

目次

朝はいつだって歯磨きから始まる

サーバントルックに身を包んだポーターが、大きな荷物を抱えながらタニアとレナの前を横切っていく。その後ろから着飾った老齢の夫婦が、ワックスが掛かった大理石の床を、一歩一歩踏みしめるようにゆっくりと歩いていく。ポーターは彼らの方を振り返り、微笑みかける。夫の方が少し足が不自由らしく、夫人が彼を庇《かば》うように寄り添っている。タニアとレナはじっとそれを見つめている。何度か老夫婦と目が合うのだが、二人とも微笑んだりはしない。勿論、老人達もだ。すれ違いきるまで、お互いの顔を覗き込んでいるだけ。老夫婦が、エレベーターに消えるまで、タニアとレナは彼らの後ろ姿を捕捉しつづける。夫人はエレベーターに乗る瞬間、一度だけ二人の方を見、足をほんの僅《わず》か止めたが、閉まりかけるエレベーターの扉に急《せ》かされて、次の瞬間には慌ててその中へと消えていく。

ロビーはだだっ広く、フロントは大勢の人達、黒人に白人、赤い髪に銀色の髪、笑うと口許に金歯があふれる一団、等で賑わっている。二人は備え付けの、しかもフロントからは遠い場所にある、長椅子に腰掛け、ガゼルが戻ってくるのを待っている。そろそろ戻ってきてもいい頃なのだが、彼はなかなか現れない。いつもより随分と時間がかかっている。二人は時計を見てから、時々お互いの顔を覗き込み、そしてまたロビーの方へ視線を戻す。

今夜は最後の夜なのだ。それなのに、二人は一番遠いところで、もっとも発見されにくい場所で、ガゼルがコンサート会場から戻ってくるのを待っている。

ロビーには他にも彼を待っている者達の姿がある。柱の陰や、電話機のそば、あるいは入口の辺りに隠れるように潜む挙動不審者達。時々回転ドアやフロントの方を素早く覗き込むところなどは、タニアやレナにそっくり。どこから集まってくるのか、その数は時間の経過とともに増えていく。しかしどの子も、タニアとレナよりずっと要領がいい。自分を目立たせるのが旨いのだ。派手なミニスカートや、胸の膨らみを強調したワンピース、それに真っ赤な大人びた口紅等。それに比べ、タニアとレナの地味な恰好ときたら。タニアは眼鏡にそばかす。レナはがりがりでO脚。とても他の少女達には敵《かな》わない。しかしそんなことは言ってられない。なんといっても今日は、タニアとレナにとって最後の夜なのだから。

十時を少し回った頃、ロビーに動きがある。タニアとレナがその気配を察知して回転ドアの方を覗くと、バンドマン達に混じってガゼルの姿。その一点に向かって宇宙が吸収されるように、ロビーにいた女達が一斉に動きだす。関係のない人達までが、ドアの辺りに視線を投げかける。マネージャーらしき人物が、声を強めて彼女達に注意をしはじめる。女達の頭が整然としたロビーの真ん中で波打ちはじめる。その中央に、サングラスをかけたガゼルがいる。タニアとレナは少し距離をとって立ち止まり、じっと彼の表情を見ている。私に気がついてくれないかしら、と期待しながら。しかしその期待は一度だって叶《かな》えられたことはない。すっと目の前を横切っていくガゼルの横顔だけを二人は苦々しく見送ってきたのだ。

サインをせがむ少女達を振り切りながら、彼は唇をぎゅっと結んで、エレベーターの方へ歩いていく。タニアとレナのすぐそばを少女達の一団が移動していく。背が高いスタッフの一人が、少女達の頭越しに、ルームナンバーが分からないよう、数字を手で隠して、彼に部屋の鍵を渡す。そして男達にせき止められた少女達をよそにガゼルはエレベーターの中へさっさと姿を隠す。その間、僅かに数十秒。何時間も待って、僅かに数十秒の遭遇でしかない。それでも会えるだけ、一目見ることができるだけ、幸せだと一人はいつも思っている。

タニアとレナはホテルの電話ボックスに入る。小銭を取り出し長距離電話をかける。電話に出たのはタニアの母親だ。そして受話器に向かって話しているのはタニアではなくレナである。

「タニアのことですが」

タニアはと言えば少し心配そうな顔をしてレナの横顔を見つめている。レナの眉毛は眉間の辺りで薄く繋がっている。彼女は凄くそのことを気にしているのだ。剃り忘れると直ぐに繋がってしまう眉毛。ええ、はいそうです。いいえ、違います。ええ。タニアは目を大きく見開いて固唾《かたず》を呑んでいる。レナはタニアと視線を合わせないように話している。目が合うとうまく喋ることができなくなりそうだから。

レナは受話器を下ろす。二人の間に一瞬沈黙が襲う。どう？　ねえどうだった。心配してた？ レナは頷く。そりゃ心配してるわよ。タニアはじっとレナの口許を見つめている。泣いててよく聞き取れなかった。いつもと一緒、早く帰ってきてって、私が何をしたか教えて頂戴って。レナがそう言うと、タニアは小さく鼻息をつく。返却口に戻ったコインをポケットに仕舞いながら、レナは口笛を吹きはじめる。

タニアの趣味は人々の年譜を読むこと。コクトー、エリュアール、プルースト、ラディゲ、etc。いつ、どこで生まれたか。そしてどんなふうに死んだか。彼女は人の生死に病的な興味を示す。年譜はどんな文学作品よりも人生を物語る。どんなドキュメンタリーよりも人間を浮き彫りにする。どんな批評よりも人の愚かさを抉《えぐ》る、と彼女は信じている。最近では趣味が高じて、タニアは自分の年譜を書くようにもなった。いま、彼女がホテルの前の夜間営業のレストランの窓際で書いているのは、これからの自分の歴史。小さなスケジュール帳にびっしりと未来のことを綴っている。気に入らないと消しゴムで消し、新たに書きたすことができるのだ。やり直しのきく人生。彼女の口癖は変に年寄り臭くてレナは嫌いだ。

十八歳と三カ月、はじめて付き合った男性との間に赤ちゃんができる。仕方なく結婚。相手は高校の教師でしかも詩人。十五も年上の男。但し精神年齢は子供。

レナはそれを横からじっと覗き込んでいる。しかし、彼女がそのことについて感想を洩らしたことはいままで一度もない。他人《ひと》の人生に口出しするつもりはない。

ガラス窓の向こうは大きな道である。国道らしき道の交通量は多く、市内から少し離れているせいか大型車ばかりが目につく。近くに工場地帯でもあるのか、大型トレーラーが荷物を満載して何台も連なっては通過していく。ホテル以上に大きな建物が辺りにはなく、ホテルのすぐ正面に砂漠が広がっている。果てしなく続く砂の世界。国道はこっち側の世界と向こう側の世界を仕切る国境のようだ。今日ガゼルがコンサートを行ったスタジオはその砂漠を一キロほど奥へ行ったところにある。

飲みかけのコカ・コーラは氷も溶け、炭酸も抜けきっている。レナはストローに口をつけ、その気の抜けたコーラを音をたてて吸い込む。すぐ後ろの席の男達が、口ずさんでいる歌がガゼルの最初のヒット曲なのに気がつき、二人は目配せしながら微笑み合う。

レストランを出ると駐車場にさっきの少年達がいる。数台の車がちらほらと停まってはいるが、他に人影はない。彼らはタニアとレナがそこを横切るのをボンネットに座ってじっと見ている。声を掛けられるかもしれないという期待が二人の間に芽生える。タニアは背の低い方の男の子に目を止める。レナは最近流行りの刈り上げカットをしている痩せた男の子の方を意識している。彼らの腕には刺青がある。まだ完成してない中途半端な刺青だ。彼らもガゼルのファンならどこかで心が通じあうかもしれない。不思議な期待が彼女達の胸の内に高まる。レナは息を吸う。タニアも真似して息を吸ってみる。空気が冷たい。冬ではないのに吐き出す息が微かに白い。

しかし彼らは二人に声を掛けてくることはない。じっと見つめているだけ。意気地なし。国道に出るとレナはそう呟く。

見知らぬ夜の街を二人は歩く。ガソリンスタンドや、酒場の派手なイルミネーションが夜の街を華やかに焦がしている。少し道をそれると、家々が点在する寂しい砂漠に出る。

錆びついた自動販売機が、町工場の鉄門の脇で、幻想的に発光している。くすんだ街並みの中で、そこだけぼんやりと白く浮かび上がっている。二人はじっと自動販売機を見つめる、失ってしまった過去を呼び戻すような怪しげな空気に包まれながら。

二人はホテルのロビーにいる。そこには既にあの少女達の群れはない。天井に吊されたシャンデリアの光量も少なくなり、ロビー全体がひっそりと眠りについているかのよう。フロントの中で男が一人、作業をしている。二人は長椅子に腰掛け、暫くぼうっとぐるりを眺めている。止まってしまった時間を見ているような気分になる。彼女達が見ているものは全てが幻なのかもしれない。

二人はシングルの部屋にもぐり込んでいる。旅費を浮かすため、この旅行中ずっとシングルベッドで並んで寝てきた。しかしガゼルと同じホテルに泊まれるのは、今夜が最後だ。持ってきた旅費が底をついた。明日からはガゼルと離れて、安モーテルに泊まらなければならない。タニアが盗んできた父親のキャッシュカードで引き出せる預金は既に全部下ろしてしまった。レナが盗んできた父親のキャッシュカードはまだ使ってはいないが、暗証番号が分からない。

ガゼルと同じホテルに泊まれたことは二人にとって夢のよう。最初は同じホテルにガゼルが寝ていると思うだけで胸がいっぱいになった。しかし、いまは少し違う。ほんの少し欲が出はじめている。他の大勢の女の子達と同じ。少しでいいから自分達のことを彼に知って欲しい。こっちを見て欲しい。

自分達の存在をガゼルに伝えるためには死ぬしかない。彼女達が導き出したのはなんとも悲劇的な結論。晩生《おくて》な二人にとって、ませた少女達と対等に渡りあうのは難しい。好きなガゼルの目を引くことなど夢のまた夢なのだ。だから彼女達は死ぬことを考える。いまこのホテルで死ねば、ガゼルは自分達のものになる。

ガゼルに宛てた遺書を書く。長い文章は二人とも苦手なので、簡潔な文になる。

「私達はあなたの本当のファンです。いつも近くにいたかった。だからこうすることにしたの。そしたら、あなたの記憶の中で生きることができるでしょ。タニアとレナ」

二人は遺書をフロントに預けると部屋に戻り、死に方について意見を交換する。お互いの首を締めあう、という途方もないアイデアは、想像しただけで恐ろしく、すぐに却下となる。バスタブに湯を張って、そこで手首を切る方法も、なんだか気持ち悪くて、悩んだ挙げ句、諦める。結局最終的に、飛び下り自殺をすることで意見が纏《まと》まる。窓を開ける。ホテルの十階にある部屋の窓を。

二人の目に飛び込んできたのは、砂漠にぽつんぽつんと点在する民家の明かり。真っ暗な大地に力強く点在している家々の明かり。闇を往来する車のヘッドライトも見える。生ぬるい風が二人の頬を湊《さら》う。綺麗だわ。タニアが呟く。みんな生きているのね。レナも呟く。

二人は、飛び下りることができない。飛び下りようとすると、街の明かりが目に止まる。両親や兄弟達の顔なんかが浮かんでくる。二人は物凄く臆病なのだ。結局、東の空が白むまで家々の明かりやガソリンスタンドの輝きを見ていた。砂漠を横断していく車のヘッドライトがまるで流星のようにタニアとレナの気持ちを慰めてくれた。

気がついたら二人は床に折り重なるようにして眠っていた。外はすでに明るい。太陽が地球を覆っていた暗幕を吹き飛ばしてしまったようだ。眩しい光が二人の瞼を容赦なくこじ開ける。

開けっ放しの窓枠に、一羽の鳩が止まっている。見ると、鳩の足に手紙が括《くく》りつけられている。タニアがそれに気がつき、レナがゆっくりとその伝書鳩に手を伸ばす。鳩は首先を上下左右に何度も落ちつきなく縮めながらも、飛び立とうとはしない。括りつけられていた手紙を外すと、レナが声に出して読みはじめる。

「ヘレン、僕は君が好きだ。この街まで僕は君のことを考えながらやってきた。君から遠く離れてみたら、答えが分かるような気がしたんだ。いま、やっと分かった。こいつに、つまりアンドリューに、僕の思いを託して、君のもとへ送るよ。ヘレン、僕といっしょになってほしい。この気持ちがどんなに大切なことかいままで分からなかった自分が情けない。沢山の人に会った。そして沢山のことを学んだ。一番学んだのは、僕には君が何より大切だということ。これからまた旅をしながら、君のところへ年月をかけて戻るつもりさ。だから待っていてほしい」

追伸は、タニアが読む。

「もしもこの手紙がヘレンのもとへ届く前に誰かのもとへ迷い込んだら、その方にお願いします。この手紙と伝書鳩のアンドリューを、下記の住所へ送り届けていただけますでしょうか。僕とヘレンの未来をあなたに託します。ジョアン」

タニアとレナは、手紙を読みおわると、お互いの顔を見合う。自然に笑みが零《こぼ》れる。なんだそういうことだったのか、とレナが言い、そうよ、それが世の中の仕組みというもの、とタニアが頷く。

二人はゆっくりと立ち上がると、ふらふらする体で洗面所へ行き、並んで歯を磨きはじめる。朝はいつだって歯磨きからはじまる。

万華鏡

クレーグ・ブシャードはいつもと変わらず、午前中をフィガロで過ごした。もう五年近く、彼は毎朝、開店と同時にこの店へやってきて、南側の歩道に面した古いテーブルに座った。そして彼のオーダーは、この五年間変わっていない。

新しいウェイターが入ると、古参のウェイターがまず最初にクレーグのオーダーについて説明した。ライトビールとベーコンレタストマト、そして深いお辞儀。ウェイター達は、昔、彼がオフブロードウェイの有名な振付師であったことを知っていた。時々彼らは彼に敬意を表して、サー・クレーグと呼んで挨拶した。彼は目を閉じ、頑固そうに真一文字に結んだ唇をすこし開くと、丁寧にそれに答えた。

「ありがとう。若い人」

テーブルの上にはパイプの他にいつも黒い筒が置いてあった。桜の花をあしらった模様が、表面を彩っていた。その人工物は、神聖な宗教儀式に使う祭具のような、不思議な魅力で存在を主張していた。光を吸い込んでは成長を繰り返す、まるで未知の生物のような訝《いぶか》しさとともに。

ブロードウェイで歌うことを夢見る若いウェイター達は、みんな一度は必ずクレーグに尋ねた。

「サー、それは一体、何ですか？」

クレーグは雨の日も、風の日も、照りつける太陽が眩しい夏の日も、ブリーカーストリートの交差点から目をそらさず、その質問に優しく答えるのだった。

「知ってるかね、万華鏡だよ」

ウェイター達は、万華鏡を手にとって覗き込むと、誰もが必ずため息をついた。

「回してご覧、ゆっくりとね」

クレーグの言うとおり、彼らが筒を回すと、中の模様は、優雅に色彩の世界を見せた。駆け足の人生はほんの一瞬のせつなさのような、はかなくて脆《もろ》い光彩を放つのだった。

ウェイター達が口々に、綺麗だ、と呟くのを聞くのがクレーグの生き甲斐でもあった。

ある日、この万華鏡は失恋したウェイトレスを慰めた。またある日、オーディションに失敗したウェイターを慰めたこともあった。そんな彼らにクレーグはいつも小さく付け加えるのだ。

「日本にははっきりとした四季があるんだ。春、夏、秋、冬、人々はその季節の移り変わりを楽しんでいる。感情を旅するような感覚でね。この万華鏡を覗き込むと私は四季を思い出すよ」

クレーグがビレッジで振付師をはじめた二十年前、彼は一人の日本人女性と同棲していた。四季という名のその女性は、ダンサー志望の日本人留学生で、まだまだ駆け出しの振付師クレーグにとってはいつもそばにいた恋人であり、心の支えでもあった。気の荒かった若いクレーグは、彼女にしょっちゅう当たり散らしていた。それを四季は黙って、しかも献身的に受け止めていた。全ての行動が裏目に出る彼を、四季は春のように優しく、夏のように温かく、秋のように包み込んで、時には冬のように厳しく見守っていた。

クレーグが、新しい振付を想像することができなくなって、大きな壁にぶつかり、雑誌には批判的な批評しか載らず、自虐的に自殺未遂を起こした年の独立記念日、四季は日本で見つけてきた万華鏡を贈った。苦しんでいた彼にとって、その美しい色彩は、心を癒す何よりの励ましとなった。

それから数年も経たないうちに、クレーグにも新しい春が訪れた。新作の振付が「ビレッジボイス」で絶賛されたのだ。それを機に、彼は注目されるようになり、新しい風が吹き抜けるようになった。多くの人々が彼が振付けたダンスを見に、イーストビレッジに流れ込んで来るようになったのである。

その後、ブロードウェイの振付も手掛けるようになった。ビレッジの魔術師、ブリーカーの鬼才と呼ばれ、多くの喝采を集め、彼の名はマンハッタンの夜を焦がしつづけた。

しかし、その栄光とは裏腹に、四季との仲は徐々にこわれていくことになる。ダンサーを夢見ていた四季は、彼の身ばかりを案じたために、オーディションを受けることすらできず、たまにオーディションを受けることができても、練習不足のため、合格することはなかった。

彼女は彼を頼らなかった。クレーグの足をひっぱるようなことはしたくなかった。

一方、名声を得たクレーグの周辺には、新しい女性たちが群がるようになり、そのことで彼は、輝くことのない四季が疎ましく思えることさえあった。ある時、四季は自分の役目はおわったと悟り、心が離れていったクレーグのもとに万華鏡を残して、ビレッジを去ることにした。

四季が去って間もなく、上り調子だったクレーグのツキも消えることになる。彼は四季の支えがあってこそ、その才能を発揮することができたのだ。そのことに気がつくのが遅すぎた。栄光は四季とともに去り、彼は再び失意の淵を彷徨《さまよ》うようになった。

再び訪れたどん底で、彼は自分にとって四季が、どれほど必要な女性だったのかを悟ることになる。そして、四季に対して酷い仕打ちをしてきたことを悔いた。

振付師の仕事を止め、彼女を追いかけ日本へ渡り、右も左も分からない異国で暮らしたこともあった。傷ついた孤独な彼を慰めてくれたのは日本の四季の美しさと、手元に残った万華鏡だけであった。

また幾年かが過ぎ、ビレッジへ戻ってきた彼は、毎日ブリーカーストリートの交差点に立って、四季の影を追いかけつづけた。時間だけが本当にいたずらに、彼の心をいためつけた。それでもしょうがなかった。他に彼にできることはなかったのだから。

そして今年もビレッジは独立を祝う若者たちで賑わっていた。爆竹を投げる少年達、ヒッピーくずれのストリートミュージシャン、世界中から集まってきたツーリスト達、様々な人種が様々な思いを抱えて、交差点を渡っていく。

信号が「WALK」から「DON'T WALK」に変わり、再び「WALK」へと戻る。彼は三杯目のビールに口をつけ、それを一気に飲み干す。霞む視界がアルコールのせいで万華鏡の色彩のようにぼんやりと輝いて見えた。

クレーグが大きなため息をついて、疲れ切った目を擦《こす》った次の瞬間だった。視界に一人の女性の姿が飛び込んできた。最初何が起こったのか理解できなかった。ただ血流が速くなり、耳元で心臓音が激しく響き渡るだけだった。彼を含む宇宙の流れが止まると、その一点にあらゆる力が集中していった。

クレーグは立ち上がると、眩《くら》んでいく視界に手を伸ばした。そして震えながら、よろけながら、テーブルにぶつかり、前方を遮る人の肩を押し退け、交差点へ向かって歩きだした。大きな音をたてながら、いつもと違う怖い形相でふらふらと進むクレーグに、ウェイター達は手を差し出すことすらできなかった。

「四季」

クレーグは信号待ちをする女性の後ろ姿に声をかけた。髪の毛を綺麗に後ろでゆわえた女性がゆっくりと振り返る。似ている。あの頃、細く切れ長の目は、いつも、どんなに苦しい時でも微笑んでいるように見えた。その昔のままの明眸《めいぼう》が静かに光を呑み込みながら、きらきらと輝いていた。過ぎた時間の分だけ彼女の顔も老けていたが、そこには時間がどれほど束になっても侵食しつくすことのできない絶対的な人間の本質が残っていた。言葉を探すクレーグの声を遮って、その女性は首を横に振った。

「違いますよ。人違いです」

クレーグの目は潤み、いまにも泣き崩れそうになって、そっと女性に両手を突き出した。

「待ってくれ、私だよ。私のことを忘れたわけではないだろう。ずっと待っていたんだ。君と二人で見た万華鏡だけを見つづけて。今日まで生きてきたんだ」

震えながら、いまにも落としそうになりながら、彼の差し出す両手には、古びた万華鏡が乗っていた。女性はじっと、その桜の模様がちりばめられた黒い筒を無表情で見つめるのだった。

「見ておくれ。きっと思い出すはずだから」

クレーグは万華鏡を渡す。長い年月待ちつづけた四季が目の前にいる、なのに彼は話すべきことが山ほどあるというのに、何ひとつ思いを言葉に紡ぎ出せないでいた。

女性は筒を回す。彼女の表情が少しずつ変わっていくのは、遠くから見守るウェイター達にもよく分かった。彼女の内面の変化が、顔に現れ、それはまるでめまぐるしく変わる季節のようだった。

クレーグは謝らなければならなかった。自分が一人の女性の愛と青春の尊い時間を踏みにじったことを。吐き出す息は、たったひとつの言葉を紡ぎ出すこともなかった。呑み込む息で彼は何度も窒息しそうになった。

万華鏡を覗いていた女性が先に呟いた。

「綺麗ですわ。私も昔、これによく似た万華鏡を持っていました」

クレーグは感極まって、肩を大きくすくめた。そして彼女を抱きしめようと、一歩踏み出したその瞬間、女性は万華鏡から目を離し、クレーグの腕を低い声で遮った。

「でも、私が昔知っていたのとは少し違うみたいです。万華鏡の形は似ていても、中の絵は違っています。いくら回しても、懐かしい絵は見つかりません」

クレーグの眼光が静かに曇りはじめる。震えは止まり、時間は彼女が後ろ姿を見せると同時に、永遠の終わりを告げた。膝をついて路上に座り込むクレーグの顔をツーリスト達が不思議そうに覗いていく。女性はふりむいて、軽く、クレーグにお辞儀をするど、信号に従い、交差点の雑踏の中へ消えていった。

万華鏡はクレーグの手から零《こぼ》れ、歩道へ落ちた。それは静かにブリーカーストリートを転がっていった。

気をつけて、あなたの背中には、つねに太陽が迫っている私は見知らぬ街の公園にいた。四方を古い煉瓦造りの建物で囲まれた小さな公園なのだ。何の変哲もない公園である。ベンチがところどころにあり、植えられた数本の樹が、狭い空を目指していた。建物の小さなベランダには洗濯物が干してあり、風が吹くたびに静かに揺らめいていた。

光が公園全体を二つの世界に分離させていた。光によって暴かれた世界と、光が届かない闇の部分。くっきりと分かれたその白と黒の世界に私は目眩《めまい》を覚えた。子供達の声が遠くから聞こえてくる。懐かしい気持ちが胸の奥深くに蘇る。

傾きかけた太陽が正面の教会らしき建物の尖塔に突き刺さっている。私は目を細め、その光の正体を見抜こうとした。手をかざし、ぼやけている記憶を取り戻そうと試みた。どうして私がそこにいるのか記憶がはっきりしないのだ。ついさっきまで汽車に乗っていたような気もするが、それが何故いまこの公園にいるのか分からない。そもそも汽車に乗っていたという記憶も実に曖昧なのである。客船だったのかもしれない。

どんな客船だったのかと思い出そうとすると、その記憶は逃げ水のようにすっと引いて消えていってしまう。客船の記憶どころか、私は私が誰なのかさえ忘れてしまっているようなのだ。

　私は目を擦《こす》って、辺りを見回してみた。光と時間に侵食されつづける建物たちを。しかしそこには人の姿がない。この街に存在すべき人々がいない。この街の歴史だけが亡霊となってそこに存在しているようだ。いなくなった人々の霊魂だけが街に住み着いていて、それは気配となってしずしずと私を包囲している。

　まるで私の生きる速度が遅くなり、街で暮らす人々の姿を認識することができなくなってしまったよう。彼らの残像だけが、視界を過《よぎ》っていく風の気配のように、私の鼻先をくすぐるだけだ。

　すると私はいま、夢の中にいるのか。私は自分の掌を広げてみた。太陽が私の手に無数の皺を浮き上がらせる。そこにも限りない光と影がある。私は掌を握りしめる。感触がある。確かな感触である。いつもと何ら変わらない感触。手を太陽にかざしてみた。教会の尖塔の向こう側へいまにも沈み込みそうな太陽に向かって、私は両方の手をかざしてみたのだ。太陽光線が指と指の間を赤く染める。そこを流れている血潮を染めていく。目眩が私の意識の中で火花を散らせる。教会の鐘が公園の空気を振動させる。街路樹の葉が風で音をたてる。洗濯物が風ではためく。まるで万国旗のように。

子供の小さなシャツが風に攫《さら》われて、宙に舞う。白い鳩のように。それは私の頭上をかすめ、空高く舞い上がっていく。青空に呑み込まれていくシャツ。空の青さは次第に宇宙の漆黒へと同化していく。私はそれをずっと追いかける。シャツが空の果てに消え入るまで。シャツも街も私も、全てを呑み込んでしまう。

存在は果てしない目眩だ。

私は倒れそうになりながら、かざしていた掌で頭を抱え、失われそうになる意識が両手の間から零《こぼ》れ落ちてしまう前に、捕まえようとした。身体中の血液が空を目掛けて落下しそうになるのを我慢しながら。

じっとしていると、意識が肉体に戻ってくるのが分かった。同時に耳の中に言葉が現れた。言葉を聞き取ろうと、私は耳を傾けた。そこが出口のような気がしたからだ。言葉を追いかけると、私は一つの闇をくぐり抜けられそうな予感があった。視界には風に靡《なび》く洗濯物の白だけがぐるぐると旋回していた。

「どうされましたか」

声の形がすっと目前に立ち上がると、体内に新しい光が投げつけられた。血液が皮膚の下でスピードを落として安定したのだ。視界に色彩が戻っていた。

そして私の前に一人の男が立っていた。逆光で顔形ははっきりとしない。ぼやけたイメージのシルエットだった。

「大丈夫ですか」

聞き覚えのある言語だった。私はその一つ一つを確認していった。そしてそれを口腔の中で繰り返し呟いてみた。

現れたのは男だけではなかった。公園のあちこちに人々の姿が蘇っていたのだ。ベンチに腰掛けて樹々を見据えている老人や、窓辺に立ち、洗濯物を取り込んでいる太った主婦など。腕を組みながら歩く恋人達。郵便配達人の急ぐ足取りも見えてきた。枝を地面にこすりながら走り抜けていく子供達の一群もあった。

「これはあなたのですか？」

目の前の男は言うと、手の中に収まるほどの小さな冊子を手渡した。私はそれを取ると覗き込んだ。ＰＡＳＳＰＯＲＴと書かれていた。私は男を見た。男は笑っているわけではなかったが、穏やかな顔で私を見ていた。その目に記憶があった。光が男の顔の背後からゆっくりと満ちてくる。よく知っている目だ。光がその顔を私の記憶の前に引き出してしまった。誰よりも私がよく知っている顔がそこにはあった。もう何度も何度も限りなく見つづけてきた懐かしい顔。どんなに記憶が薄れてもそれだけは忘れることのできない意匠なのだ。つまりそれは私の顔だった。

私は言葉をなくしたまま、その男をじっと見つめていた。子供達が駆け抜けていった。少年達の懐かしい声の響きが私を邂逅《かいこう》の淵へ誘った。私の記憶は一瞬、蘇っていた。私が誰だったか、私がどこから来たのか。何の目的で、何を見るために。

しかしそれらのことを目の前の男は受け入れようとしなかった。ただ、優しく作られた笑みを私に向けているだけなのだ。

言語には意味がない。意味が言語を生み出して、いま意味は言語に食い千切られた。会話は意味と無意味との境界線を彷徨《さまよ》っている。彼の話す言語は、私の耳の奥で、流れ落ちていく砂になった。私はいま巨大な目眩の中にいた。曖昧な存在の渦の中に。生きることのなんと不確かなことか。この、すぐに捲《まく》れてしまいそうな現実。

男は、私が持っている小冊子を開くようにと顎先で軽く促した。

私は男から受け取ったパスポートを覗いてみる。そうするしか他に意味を埋める行為はなかった。そこには私のまったく知らない人間の顔写真が貼られていた。英語の他には、見たこともない国の言葉が書かれてあった。そして長たらしい名前。イハム・セトリ・テルレセタ・リアナ……

私は首を振った。そして男にそれを返そうとして、顔を上げた。男は私から遠ざかっていくところだった。旅行鞄を持っていた。まるでこれから長い旅にでも出掛けるような出立ち。私はその背中に向かって声を張り上げた。母国語で、待って、と叫んだつもりだった。しかし、私の口をついて出てきた言葉は、それまで私が聞いたことのない見知らぬ国の言語であった。なのに私には理解できたのだ。

「気をつけて、あなたの背中には、つねに太陽が迫っている」

私は見知らぬ街に立っていた。日が沈んでいくのを見送っていた。これからどこへ行くべきか、私の意識は既に知っているようだった。私が帰るべき家族のところ。

見知らぬ街の、薄れゆく光と影の公園で、私は、私に似た男が、暗く沈み込もうとしている街角へ消えていくのを見送っていた。

彼女は宇宙服を着て眠る

波の音がうるさくて眠れなかった。

飛行機の中にいるような轟音がした。揺さぶられるようにして僕は波の音に起こされた。暑さのせいもあった。寝汗をかいていた。体を起こし、掌で顔を拭った。

横で寝ているミチコはふかぶかとした枕に顔を埋めて熟睡している。彼女の顔は月光を受けて、青白く浮き上がっている。どんな夢を見ているのだろう。顔をじっと覗き込んでみる。すっかり満足しきった顔だ。昨日までの顔とはすでに違う。何かを捕まえた者のみができる安らかな寝顔である。

彼女が今日一日ずっと着ていたウェディングドレスが壁に掛かっている。たった一日のために知り合いのブライダルコンサルタントが仕立てたドレスだ。それがいまはその役目を終え、吊され、月の光を浴びながら、宇宙服のように彼女の形を静かにそこに留めている。

宇宙服は何度も使い回されるのだろうか。一度使った宇宙服は、クリーニングなんかに出すのだろうか。未知の細菌なんかを地球に持ち込まないように、処分されたりするのかもしれない。僕はまだ十歳の頃、アポロが月に着陸するのを白黒テレビで見ながら、そんなことを考えていた。

ラナイと呼ばれるテラスに出てみる。深夜の三時だ。さすがにホテル中の明かりが消え、誰もが寝静まっている。プールだけが闇の中で派手に青々とした光を放っていた。そしてホテルのプライベートビーチを、水銀灯のオレンジ色の光が仄《ほの》かに浮き上がらせている。その先は沈むような闇の太平洋だ。月光によって、時折光を放つ白波が闇にすっと浮かんでは消えていった。

僕はミチコを起こさないように部屋を抜け出した。静まり返った廊下を進み、エレベーターに乗った。ひとけのないフロントを素通りして外に出た。波の音が再び僕を捕まえる。体は引力にひっぱられるようにビーチを目指した。

潮の強い匂いが鼻先を捕まえた。外は思ったより明るかった。満月のせいだ。頭上高く月が輝いている。しかも目が慣れてくるに従って、よく見ると星があちこちで輝いていていた。

しばらく海を見つめていた。砂の上に腰を下ろし、じっと打ち寄せる波を見ていた。

今日一日のことが過《よぎ》っていった。タキシードを着て、写真を撮り、ホテルの教会で式を挙げ、夜は式に立ち会った両家の親族と友人達とで、浜辺のフランス料理のレストランで食事会をした。その間ずっとタキシードを着っぱなしだったのだ。何度も記念写真を撮り、彼女の母親には目が合うたびに微笑まれた。

楽しかったというよりは、張り詰めていた気持ちが頂点に達して、何をしても夢の中にいるみたいだった。そのせいで眠れなかったのかもしれない。何カ月も前から準備してきた結婚式なのだ。喜びや未来のことよりも、取りあえずそれを達成したという満足感の方が二人には強かった。後は子供をつくるだけね、と彼女の姉に言われて、僕は疲労感を覚えた。

三十分ほどぼんやり海を眺めていると、闇の中からふっと、人が現れて、僕の前で立ち止まった。最初、瞬間的に波しぶきが人に変化していくような錯覚を覚えた。波の音のせいで、彼女が浜を歩いていたことに気がつかなかったのだろう。

生ぬるい風が吹き抜けていった。若い女性だった。ミチコと同じくらいか、それよりもっと若い雰囲気があった。風で乱れた長い髪を直しながら、彼女は僕に向かって微笑んだ。

肌が焼けていたせいで、僕はその女性が最初日本人だとは思わなかった。こんにちは、と声を掛けられて、突然の日本語に戸惑った。

こんにちは、と言い返せないでいると、彼女が申し訳なさそうに日本語で謝ってきた。僕のことを日本人だと決めつけているみたいな口ぶりだった。

「ごめんなさい。せっかく一人でいたのに、邪魔してしまったようですね」

僕は首を振り、それを否定した。

「いや、驚いたんだ。誰もいないと思っていたから」

そして立ち上がると、ホテルを指した。

「ここに泊まっている？」

その人は微笑みながら首を軽く振ると、隣接するホテルの名前を告げた。高層団地のような巨大なホテルの無数の窓が、月明かりで銀色に光っていた。

「眠れなくて、散歩をしていたの」

そう言うと彼女は、もう一度笑った。笑うとえくぼができた。黒い肌の真ん中で瞳と歯が光っていた。

「僕も眠れなくて。窓を開け放して寝たせいか、波の音がうるさかった」

誰かに似ていた。すぐには思いつかなかったが、暫くして思い出した。それは昔、学生の頃に好きだった人だ。面影がなんとなく似ている。そう思ったせいか、ふいに気安く喋ることができた。

「月のせいよ、きっと。満月だから寝られないんだわ」

僕たちは同時に空を見上げた。大きな月が絶え間なく光を放っていた。月に照らし出されているような不思議な気分になった。

暫く黙って並んで月を見ていた。そうしているのがとても自然だった。不思議だと思った。いつも女性と向かい合うと僕は緊張するのだ。ミチコを口説くのにも何カ月も掛かった。そもそもあがり性なのだ。なのに、今はこの女性とまったく緊張せずに向かい合っていられる。そういう女性との出会いは生まれてはじめてと言ってよかった。

「不思議だな」

「何がです？」

「その、緊張しないで女性とこうやって向かい合えるのははじめてなんだ」

「そう、それはよかったわ」

その人は子供のように無邪気に笑った。その笑顔で気分が穏やかになれた。今日一日の緊張が、すっと引いていくのが分かった。

僕たちは暫く、海の音を聞いていた。太平洋の波の音。果てしない闇の奥から手招きされているような引力の音だった。

「こんな時間に一人で出歩くなんて」

僕がそう言うと、彼女は、だって一人旅だから、と答えた。次の質問は当然僕に向けられた。僕はつまらないことを聞いたと反省しなければならなかった。

「僕はね」

一度、そこで言葉を濁して、もう一度月の方へ視線を逃がし、こう答えた。

「僕も同じようなものかな」

それ以上は言わなかった。その代わり、明日は暇なの？　と聞いてしまったのだ。大きな波が、僕たちの足元まで打ち寄せてきた。そのせいで、二人は慌てて数歩退かなければならなかった。よろけた彼女の腕を瞬間的に捕まえてしまった。昔からの知り合いのようなごく自然な感じだった。

「一人旅だから、当然明日は暇です」

その人はそう言った。僕は彼女の手の感触にほんのりと顔を赤らめていた。

「それじゃ、明日、いっしょにランチでもどう？」

「いいわよ」

僕たちは約束をした。彼女のホテルのレストランで正午に待ち合わせたのだ。彼女は自分から名乗った。どこにでもあるような日本の名前だった。僕は友人の名前を拝借した。やはり同じようなどこにでもある名前だった。彼女をだますつもりで食事の約束をしたわけではなかった。その時、本気で彼女を食事に誘っていたのである。じっと見つめた。彼女はくすくす笑いながら、僕を見つめ返した。明るい人だった。この人と付き合っていたらどんな人生を送ることになるだろう、と僕はこっそり想像していた。

僕たちはお互いに、念を押し合って、別れた。そして、僕はそのまま部屋に戻った。再び、青白く発光するプールサイドを通り、フロントを抜け、エレベーターに乗った。誰にも会わなかった。廊下を曲がる度に、光が薄れていった。部屋が近づいてくるに従って、次第に現実に連れ戻されていくのが分かった。波の音が耳の中にこびりついていた。歩くたびに、何かが僕に打ち寄せてきた。

静かに部屋のドアをあけて中に入った。首の骨を数度鳴らした。

薄暗い部屋のベッドの上で、ミチコが寝ていた。部屋の鍵をテーブルの上に置くと、僕はゆっくり服を脱いで、シャワーを浴びてから彼女の隣に忍び込んだ。心臓が少しドキドキしていた。壁にはウェディングドレスが宇宙服のように吊されていた。

盛夏

路面電車は激しく揺れた後、錆びついた金属の軋《きし》む音を響かせて、十字街に停車する。観光客の若者達に混じって僕は路面より十センチほど高いだけの電停に降り立つ。磯の匂いを含んだ潮風が熱を持ったアスファルトを吹き抜け、汗ばんだ身体を包み込む。カラフルなリュックサックを背負った若者達が反対側の歩道へと渡り切った後も、ペンキの剝げた路面電車が谷地頭《やちがしら》へ向かって動きだした後も、僕はその、十センチの高さの電停に残り、十五年ぶりの懐かしい街並みを見回している。まるで、タイムスリップでもしてしまったかと疑りたくなる。十字街の電停前は昔と少しも変わってはいない。角の薬局も、洋品店も、パチンコ店も、デパート跡の古い洋風の建物も、そしてその後方に凛と聳《そび》える函館山も。山頂を目指すロープウエイは、あの当時の速さそのままで高度をあげ、雲ひとつない夏空は、全てを呑み込む宇宙の青みの中へと同化していく。

太陽は真上にある。北の街の短い夏に相応《ふさわ》しい刺すような暑さだ。遠い記憶の中にでも迷い込んでしまった錯覚を覚えながら、僕は車が途切れた合間を縫って、車道を小走りで横断する。

後悔しているんじゃないだろうな――

僕がアーケードの日陰に飛び込んだ瞬間、耳元でユウキの声がする。声につられて僕が慌てて振り返ると、ドック方面から来た電車が眼前を通過していくところである。夏服を着た、補習帰りの女高生が乗っている。水色に白のストライプのセーラー服は僕の母校の制服だ。遠ざかる路面電車を見送りながら、数度瞬きをする。

ユウキが死んだのは、一月ほど前の土曜日の夜だった。突然の報せに取るものも取りあえず病院に駆けつけたが、既にユウキは息をひきとった後だった。誰かが、過労死でした、と告げた。会社の同僚と思われる人々が僕の方を驚きを隠せぬ表情で見つめるなか、僕は強引に割り込み枕元に歩み寄った。白い布切れが顔に被せられていた。死に顔を見てみたい気もしたが、手を伸ばしかけて躊躇《ちゅうちょ》した。土日もなくてさ、とその僅《わず》か数日前、久しぶりに飲みに行った新宿のバーで、笑いながら語っていたユウキの顔が、ふっと頭の中に蘇ったからだ。死の予兆などまったくなかった。近頃歯の抜ける夢ばかり見る、とは言っていたが、頬の艶もよくピンピンしていたのだ。僕はユウキの亡骸《なきがら》を見下ろしても、その死を、実感することはできなかった。ディスカウントショップっていうのはよ、人様が休みの日に儲けて、人様が働いている時に仕入れるのよ。この半年、まともな休みなんてなかったさ。屈託なく語ったユウキの横顔が僕の頭の奥にこびりついて離れなかった。

あの日二人は朝まで飲んだ。三軒目のバーで酔いつぶれたユウキは、僕の襟首を摑んでその耳元にこう呟いたのだ。

俺は人を殺したことがある——

聞き流してもよかったのだが、かなり酔っていたせいもあり僕は笑って聞き返してしまった。

殺した？　いったい誰を？——

しかしユウキは笑わなかった。彼は並べられた酒の瓶をじっとにらみつけて何かを思い出しているようだった。その旧友の焦点の合っていない瞳が瞬きもせず静止しているのを見ているうちに、いつしか僕はあの夏の陽炎《かげろう》の如き瞬間を思い出していたのである。暗い海、波の音、潮の匂い、男の叫び声、ボートのエンジン音、僕は果てしなく遠い、永い間記憶の溝からも消し去っていた既視の淵に立っていた。しかしまたしてもあの当時と同じようにそれ以上知るのをためらって、わざと話題を変えてしまったのである。酔った上での発言だろうと、無理やり自分に言い聞かせ、その場は笑うことで誤魔化してしまった。

ユウキが死んだ後になって、ちゃんと問い詰めておけばよかったという後悔とともにその言葉だけが死霊の如く耳の奥で立ち上がったのである。――人を殺したことがある――火葬が終わり、初七日が過ぎ、更に一カ月が経って、僕は我慢できずに函館行きを決意した。いまさら、函館に行ったところで、十五年もたったいまとなっては、全ては幻の中を漂う思い出に過ぎないのは十分かっていた。しかし知っていながらじっとしていられなかったのだ。東京に出てきてから、それぞれまったく違った道を歩んだ二人、時々会えば、生きていることの愚痴を洩らすか、昔を懐かしむことに終始した二人。いつの間にか生活という名の鋳型にはめ込まれていった二人。僕は、その短い人生で、彼がもっとも彼らしかったあの一時の輝きを、函館へ行くことで、ただなぞってみたかったのかもしれない。

新しい電車が方南町の方角からやってくる。重たい車体が軋る。それはいままさに僕の視界を塞ごうとしている。太陽が隠される。函館山が隠される。十字街の古い街並みが隠される。行き交う人々が隠される。闇が僕を包み込む。錆びついた世界を次々に呑み込んでいく。波の音が聞こえる。ユウキの笑い声がする。僕たちの十代の日々が呑み込まれていく。電車の窓硝子に少年の姿が見える。反射する光線に包まれた少年がこちらを見ているのだ。ユウキだ。僕の体が捩《よじ》れる。おい、後悔してんじゃないんだろうな。都会に殺されたユウキ。僕は彼の残像を追いかける。ユウキ。お前は誰を殺したんだ。おい、いったい何を殺したんだよ。電車がまるで恐竜の叫び声のような音をたてて電停に停まる。僕は息をつきながら、前方の扉から中に駆け込む。しかし、そこにはユウキの姿はない。老人達が数人、静かに時をやり過ごしていた。

僕は大きく呼吸を繰り返しながら、現在へと戻っていく。運転手が、どうするのか、と乗り口で佇《たたず》む僕に向かって聞いてくる。僕は首を小さく左右に振り、電車から降りる。太陽が、函館山の上空で、あの頃よりもずっと色のくすんだ光を投げかけているのが見えた。

蟬の声が僕を連れ戻す。アーケードの縁にでもとまっているのだろう、北の国の短い盛夏を喜んでいるようにも聞こえるし、限られた時間を悲しんでいるようにも聞こえる。太陽の直射光線のせいか、くらくらする後頭部をハンカチで押さえながら、一度、潮臭い空気を吸い込んだ。山背《やませ》風《かぜ》が止まってしまったせいもあり、むんとした熱気が肺の奥をべとつかせる。躊躇していた。日陰からかつてのごとく勢いよく飛び出したかったが、踏みきれなかった。踏み出そうとする僕の足をすくませる何かがその日《ひ》向《なた》の先にはあるような気がしたのだ。陽光に包まれた懐かしい街は追憶の幕で遮られている。そこへ踏みいるには越えなくてはならない時間の壁が存在していた。息ぐるしいほどに胸の奥から何かが沸き起こってきているのがわかった。ゆっくりと潮風を吸い込み、そして肺の奥にそれを感じた後、再びゆっくりとそれを吐き出した。きらめく光の粒子が眼前で踊る。

僕は鼻の頭の汗を手の甲で拭ってから、十五年ぶりの街を歩きはじめる。

超越者

その男は砂漠をまっすぐに北上していた。すでに歩きづらい砂の上を数日間、休まず歩きつづけている。

これほど歩いていながら、生き物に遭遇しないということは生まれてはじめての経験であり、彼は今までに感じ得たことのない純粋な達成感を覚えていた。

歩きながら幾度と、自分が歩いてきた道のりを振り返ってみるが、そこに後悔のかけらもなく、顔には微笑みさえも浮かんでいる。

唾液も出ないほどに口腔は乾ききっているというのに、水筒の水を飲みたいという欲望も失せていた。むしろ乾いて干からびていく唇や皮膚のそこかしこに、死の明らかな気配を発見でき、男は興奮さえしていた。

砂塵を含んだ風が圧倒的な勢いで砂漠を南から北へと駆け抜けていき、彼はしばらく、棒立ちのまま目を手で覆い、それをやり過ごさなければならなかった。

砂の粒子が皮膚に当たり、細かい痛みが無数に脳へと伝達されていく都度、男はまだ生の岸に立っていることを実感する。風が去った後、男は目を開け、再び新しい空気を肺の中に吸い込んでは、死への進軍をはじめる。

　肉体はそろそろ限界に達しようとしていた。筋肉は伸びきり、筋や骨は痛みを訴えていた。なのに男の精神だけはイキイキと躍動している。

　砂丘の上に立ち、どこまでも続く砂漠の果てを見つめた。周囲には砂しかなかった。来た方角も、進む方角も、見渡すかぎり砂だけの世界。たった一度、小型のセスナ機が頭上を掠めていっただけで、あとはサボテンさえも姿を見せなかった。

　太陽が頭上にあり、じりじりと男の精神を熱してきた。眩しさに目を閉じると、瞼の裏側が赤く染まり、まだ自分の肉体が血潮で溢れていることを悟った。

　この最後の生命力ももうじき尽きることになる。ガス欠の車が動かなくなるような整然とした死を男は夢見ていた。その瞬間へと向かう圧倒的な精神力を今、男は意識の中で捕まえていた。ずっとずっと幼い頃から描きつづけてきた死、そのものがそこには横たわって在った。

　死は男にとって悟りである。いかなる冒険も男は必要としたことがない。男は子供の頃から、死という入り口をつねに意識し、憧れ、密かに称賛し、崇め、祈り、願い、夢見て生きてきた。

そうすることで生が輝き、今という刹那に対して意味が宿った。永遠の現在を瞬発力で乗り切ろうとする時、そこには必ず、死という入り口があった。

何故人が死を前にして途方に暮れ、恐れ、涙を流すのか、が彼には理解できなかった。何故人が生に捕らわれ、死を無為にし、悟ることから逃げて、現実という化け物に魂を抜かれて喜んでいるのか、が理解できなかった。

生は逃避ではない。生は欲望を産み、戦争を産み、憎しみ、貧困を産んだ。逆に死はいつだって、それらの対岸にあった。いかなる不公平に対しても、それは同等に分配されて存在している。

太陽が万人の元に輝くように、空が万人の屋根であるように、大地が万人の足元に広がっているように、死は全ての生き物に与えられた最上級の幸福なのであった、

——と、男は理想してきた。

砂漠はその象徴であり、彼が十五歳の時に、砂漠で死ぬことをはじめて夢見た時より、それは彼の中で、生物の終わりの土地ではなく、はじまりの土地として映り輝き

はじめた。

軍人だった父親に連れられてはじめて砂漠を旅行した時、男は荒涼とした世界の中に神の存在を見た。

生物がいないことにおいて、彼は生物を感じ、人間の意思がないことにおいて、彼は神の存在を近くに感じた。或いは宇宙そのものの鼓動を覚え、涙が自然に流れ落ちた。

いつか、自分がここを一人で訊ね、ここで息を引き取ることができるなら、それほどに生物として美しい最後はない、と考えるようになった。

それは彼にとって、生を全うする最大級の、人間的幸福でもあった。どう生きるかではなく、どう死ぬか、こそが、彼には大事であり、それを追求することこそが生である、と彼は考え信じるようになる。

大学生の時、恋人にそのことを話した。信頼は愛を作り、愛は信頼そのものとなる、と、男は信じていたのだ。しかし女は驚きの目、――愚かな考えを持つものを見る哀れみの視線、で彼を射た。男においては、人知れず砂漠で命を終えることは、いわゆる自殺という行為とは違っていたのに、信仰心に厚い女は結局男の思想を神への冒瀆だと罵り、単純に軽蔑をし、彼の元を離れた。

それ以来、彼は誰にも心の中を見せたことはない。理解ではなく、説明でもなく、意味ではないものを、彼は言葉では伝えることができないと思ったからだった。

自ら命を絶つのではなく、神が迎えにくるのを神の傍で待とうと考えただけだったが、それは一般的には自死と同意に受け取られ、神への冒瀆と蔑まされる危険を伴った。

だからこそ男は、時がくるのを自然に待った。生という与えられた時間の中で、その時がやってくるのを静かに待ちつづけたのである。

そのために彼は独身を通し、親が他界するのを見届けた。

それまでの、男に降り注いだ数多の時間の浪費を、彼は生の意味と呼んだ。生の意味は、生に意味を付けようとして付けられるものではなかった。

生の意味とは、死をしっかりと見つめてこそはじめて見ることができるもの。従って彼は非常に明るく、挫けず、欲もなく、真面目に、イキイキと人生の大半を過ごしたのである。

そこには後悔はなく、ましてや絶望などなかった。稼げなくとも、評価を得られなくとも、出世しなくとも、しっかりとした目標が在り、結局、死を入り口として生きる哲学においては、人生という与えられた時間が安易に揺らぐことはなかった。

男は成長の中で、ずっと死への旅立ちを心に準備して生きてきた、だけであった。


父親の死の三年後、母親が死に、男はやっとその時がきたことを悟った。

大学では建築学を学び、都会に幾つかのインテリジェントビルを建てた。生涯独身ではあったが、その思想の孤独とは別に、友人は決して少なくはなかった。

毎週末になると、彼の穏やかで人を押し退けない純朴な性格が好まれて、友人達のホームパーティに誘われた。彼はいつも蝶ネクタイをして出掛け、人々の中心で建築学について黙々と語った。

みんながほろ酔いになり、幸福そうな顔で過ごしているのを彼は一人、微笑みを絶やさず眺めていた。幸福そうな人々の頭上に同等な死が分配されているのを見つめながら、同時に男はそこに、また一つの悟りを読み取った。

どの瞬間も、彼にとっては穏やかに通りすぎていく生の一時期であった。

興奮をすることも、怒りを持つこともなかった。ただ、死を待っているためにここにいるのだ、とつねに悟りが同伴し、どのような状況でも自分を失わずにすんだ。

男は砂丘を転がっておりた。砂の中をぐるぐると回りながら落下し、体が動かなくなるまで、引力の力に逆らわず、支配された。そうすることで生への別れを懐かしむことができた。

むしろ重力に従っている間は絶大な感謝が起きて、頭の中が白濁した。

動かなくなると、彼は転がりながら涙を流していたことを知った。そこに激しい生が目覚めていることにも気がついていた。穏やかだった彼の悟りの人生の中で、一番躍動的な生を体現している瞬間でもあった。

全身に鳥肌が走り、彼は頭をあげて、太陽の直射を見つめた。遺伝子の中にある記憶としか思えない懐かしさ。彼は胸が張り裂けそうになった。このような興奮を、生涯の最後に持つことができているこの世の不思議について、彼は神に感謝をせずにはおれなかった。

墜落したと思われる小型セスナを発見するのは、再び歩きはじめて数時間後のことであった。
最初、彼は墜落機を見つけた時、恋路を邪魔されたような不快な気持ちを持った。生物がいないことで意味があったこの砂漠に、人工の物体が横たわっている。それは数回転はしているだろう壊れ方であるにもかかわらず、煙も炎もあげてはいなかった。片翼がもげて落っこちながらも、まだ飛行機であることを見極めるだけの形を残していた。

生存者がいるかもしれない、という考えが、さらに男に不快な気持ちをもたらせた。コックピットから目を逸らし、少しの時間悩んだ後、男はいったんそこを去ろうと踵を返した。生涯をかけてこの最後の瞬間を待っていた自分に、とんでもなく厄介な出来事がふりかかろうとしている、と男は焦燥した。

数十歩歩いた地点で、男は足を止めて振り返った。あらゆることに意味があるとすれば、そこにも何かの意思が働いているはず。美しい死の前に、人生における一点の後悔も許されるものではなかった。今ここで目の前の出来事を無視すれば、それは明らかに後悔を残すこととなる。

男はコックピットの中に人影を発見した。

百メートルほど離れた場所からでも、はっきりと人影だと分かる生存の微動が、ガラス窓の向こうにあった。

立ち去りたいと考えた。一生を費やして夢見てきた静かな最後を、この異物によって邪魔されたくはなかった。けれども、このままここを去って、パイロットを見捨てたならば、彼の最後は神に祝福されたものにはならないような気がした。

あるいは、この事態も、全て神の導きによるものか、と考え直すに至っては、いっそう複雑な気持ちになった。

男は迷いながらも、セスナへと再び歩を向けた。もし生存者がいた場合、自分が取らなければならない行動について、歩きながら幾度も熟慮した。彼は生存者の一人のような哀れな気持ちになりながら、壊れた機体へとたどり着く。

機体から数メートルのところで立ち止まり、コックピットを見つめた。怪我をしたパイロットが、折れ曲がるような態勢で操縦席に横たわっていた。

機体は傾き、ガラスが割れていた。パイロットの頭が僅かに動いて、生存を伝えていた。こくりこくりとそれは前後に揺れていた。まるで手招きのようである。助けて、と声が聞こえた気がした。

二人乗りのセスナには他に搭乗員はいなかった。男は近づき、中を覗き込んだ。パイロットは俯き、ゴーグルで顔は隠され、どんな表情をしているのか分からなかった。ただ生きているとなると、これは彼にとっては非常にやっかいな事態であることは疑いの余地もなかった。それを無視するのは到底、人間としてできることではない。

男はドアをあけようと試みたが、——もっとも簡単に開いたわけではなく、結局反対側の壊れたドアからパイロットを引っ張りださなければならず、そのために男は残っていた体力のほとんどを使い果たしてしまうことになった。

辛うじて残った左翼の下、日陰ができている場所にパイロットを運び込んだ時、男はパイロットが女性であることに気がついた。

被っていた革の飛行帽とゴーグルを外すと、金色の長い髪の毛が、溢れ出てきた。大柄だったためにずっと男性だと思い込んでいたが、覗き込むと、まだ幼さの残る若い女で、半開きの瞼の間に澄んだ青い眼球が覗いていた。

男は自分の水筒を摑むと、キャップを外し、女の唇に押しつけた。水は女の唇の間から僅かに零れ落ち、光りを反射し、きらきらと彼女の顎先や首筋のそこかしこで美しく輝いてはやがて蒸発し、消えていった。

「まだ生きているの？」

と女が呟いた。男は、そうだよ、と答えた。

「動けそうかな」

男が言うと、女は、いいえ、無理です、と淡い口調だが的確に返してきた。男は女の頭を自分の腕の上に置き、静かにその顔を見つめた。痛みを通り越して、意識さえも薄れかかっている顔をしていた。死そのものが色濃く女の一生を支配していた。

「何も見えないし、何も感じない。ただ、あなたが横にいるのが分かるだけ」

そう続け、女は目を閉じた。

質問したいことが沢山あるが、男は言葉にまとめることができなかった。呼吸音にざらついた、ぜえぜえ、という雑音が混じっており、胸の骨が折れていることを伝えてきていた。

胸だけではなく、手や足も折れているのか、少なくともそれに近い状態だろう。かろうじて顔は無傷だったが、ぐったりとした肉体に動く余力は見えず、精気も失われて、何もかもが青ざめていた。

このまま朝を迎えることはできそうになかった。砂漠の夜は冷たく、女の体力ではとても持ちこたえることはできそうになかった。

日が沈みかけている。これから女をかついで民家のある場所まで戻ることなど、神でなければできることではない。

そんな体力はもう残ってはいなかった。人を呼びに戻る力さえももうない。自分もガス欠寸前の状態であり、これを運命と諦めるより他に方法はなかった。

「ここはどこ？」

女が目を閉じたまま、言った。

君は砂漠のど真ん中で不時着したんだ、と男は教えた。

なんと言って励ませばいいのか、男には分からなかった。大丈夫だ、すぐに助けがくる、ということもできなかった。痛む場所を聞いてもどうしてやることもできなかったので、控えた。

「体が動かないの。呼吸も上手にできない。もうじき死ぬんでしょ」

女は再び目を開いて言った。男は彼女を見下ろし、言葉を探す。せめて横にいて、彼女の死を看取ることしか、今の男にはできそうになかった。

女の言うとおり、もうじきこの女は死ぬに違いない。男は女の手を握った。私も死ぬ。この運命の数奇な出会いをどう表現すればいいのか、彼には言葉を捜し出せなかった。

最後の力を振り絞るような太陽の輝きが砂漠の彼方に沈みはじめ、一面が赤く染まっていくのを男と女は同時に見つめていた。男は女の髪の毛を自分の手で梳かし、時折水筒の水をその口に含ませた。

「綺麗な夕日」

女が言ったので、男は、ああ、と同意した。

「海を見ているみたい」

女は砂漠の風紋に海面の揺れ動く波を重ねている。さらさらと移動していく砂に、飛沫を見ている。果てし無く続く砂丘に大洋をなぞっていた。

「海」

男が単語を発音すると、女の頭が少し動いた。僅かに微笑み、それから瞼を閉じた。

女の顔が夕日でいっそう赤く染まっていた。燃えているようにも見えるほどに赤く。

男は女の手を強く握りしめた。滑らかな皮膚の感触とは裏腹に、手の先は冷たく凍りついており、すでに生命力は失われていた。男は女の指先を摑み、自分の体温を伝えようと試みた。馬鹿げていた。何もかもが馬鹿げていると気がついていたが、男は運命を受け入れはじめていた。

「滝を見たわ。水が上から下に流れ落ちていた」

砂漠の入り口の、国立公園の中に、世界でも最大級の滝がある。女がそのことを言っているのは男にも理解ができた。

世界中から観光客がやってきては、言葉を失いそれを呆然と見上げている。

一度だけ、男は若い頃に家族とその滝を見たことがあった。夜だったので、まるで宇宙の切れ目から水が溢れ出ているように感じた。

「私は上空から滝を見たのよ」

「すごいね」

「それを伝えたくて。……ただそれを」

太陽が砂丘の向こう側に沈み、空が暗くなると、宇宙に星が瞬きはじめた。それは次第に数を増やし、星々が賑々しく美の競演をはじめた。

星が青く冷たく光り輝けば輝くほどに、地表は急激に温度を下げていった。女は死んでしまったのかもしれなかった。手を握っても、握り返してくることもなかった。

朦朧とした意識の中、男は女の名前をまだ聞いていなかったことを思い出した。名前を呼んであげたかった。それが彼女にとって、人間としての最後の威厳でもあったはずだから。

「名前はなんと言うの？」

動かない女の顔を見つめて、男は訊いた。砂塵を含んだ風が二人の上を過っていく。返事は戻ってはこなかった。仕方がなく、男は女に名前を付けてみようと考えた。名前で呼んであげたかったから……。

知り合いの女性たちの名前を記憶から取り出し、当てはめてみようと試みるが、どの名前も彼女にはしっくりとせず、似つかわしくなかった。無限にある名前の中から、真実の一つを捜し出すことは、まさに砂漠の中に隠された一粒の砂金を発見するのに等しい無茶であった。

相応しいものは最初から決まっている。男はそう思い、もう一度、今度は耳元まで顔を近づけて、名前はなんというのかと、訊ねてみた。

男は彼女の衣服のどこかに名前が書かれているかもしれない、と思いつき、ポケットをまさぐったり、ジャケットの襟元を裏返したりしてみた。

胸元のボタンを外し、その中に手を忍び込ませると、シャツの合間にふくよかな女の胸の谷間があり、男の指先がそこに触れて止まった。

神秘的な驚きが去り、次第に冷静さを取り戻していくと、微かだがまだそこに温もりがあり、心臓が動いていることが分かってきた。柔らかい皮膚。弾力のある肉。その下の固い骨。男の指先は生の奇跡に触れた喜びで緊張した。

死を恐れず、死とともに歩き、死を見つめて生涯を生きてきた男が、その時はじめて生に対して目頭を熱くした。

「イーディ」

と女の口が動いた。イーディ、と男は女の発音した言葉をなぞって呟いてみる。イーディ、ともう一度言ってみた。壊れた機械が数秒の間をあけて発する警告音のように、その名前は発音され続けた。女の名前は、一つの記号に過ぎなかったが、不思議なことにそれは大いなる人生の意味、――予め決められていた運命にも似た正当性でもって、男を打ちのめした。

男は失われた世界の片隅で、はじめて一つの意味と出会うことができたのだった。イーディという響きが男に様々な物語を提供しはじめた。女を愛した男たちが、囁き続けたに違いないその名前を、男も同じ気持ちになって発音してみた。

「イーディ」

女の口許が微かに動いた。微笑んでいるようにも見える。

「イーディ」

「イーディ」

「イーディ」

「イーディ」

「イーディ」

男は擦り寄り、最後の力で女を温めた。こんなことになるだなんて、と男は苦笑せずにはおれない。静かに一人で神の元へと出掛けるつもりだったのに、こういう運命が自分の最後に待ち受けていただなんて……。

イーディという名前は砂漠に飲み込まれては儚く消えていった。それでも男はその名前を呼びつづけた。

生まれて一度も人を愛したことがなかった男の心の中に、仄かな光が宿った。

「イーディ」

低く重厚な男の声が女の耳元を温めつづけた。女はもうすぐ死ぬというのに、幸福そうな顔をしていた。甘えた子供のような穏やかな顔であった。

「イーディ」

「イーディ」

「イーディ」

「イーディ」

「イーディ」

「イーディ」

なぜ名前があるのか、男はその時はじめて気がついた。なぜ生があるのか、男には少し理由が理解できた気がした。なぜ砂漠があるのか、世界中の愚問が失われる瞬間であった。

暗くなった空の彼方を星が流れていった。一筋の光の線が、闇の中に切り込んだ。男の目から涙がこぼれ落ちていった。

それは理解を越えていたし、意味を超越していた。砂塵を含んだ風が二人を飲み込んでいった時、男は彼女の顔に砂がかからないようにと覆いかぶさり、そっと口づけをした。はじめてのことではないような口づけであった。

風は吹きつづけ、運ばれてきた砂によって男と女の死体は隠されていった。

時間はあらゆるものを飲み込んで、地上に緩やかに堆積していった。やがて壊れたセスナ機の本体も砂の中へ埋没し、眠りについた。

それぞれの人生とは無縁に、二つの存在は寄り添ったまま埋葬された。

砂塵を含んだ砂は移動を繰り返していく。砂丘は日々形を変えていく。同じ地形はそこにはなく、同じ模様もなく、同じ人生がないように、変化を繰り返していった。

砂丘は姿を変える。一つの場所に日々同じ模様をとどめることはない。

人生が無限であるかのように、砂丘も同じであったためしがない。

何十年、何百年、何千年という時間の流れによって、世界は少しずつ変容を繰り返してきた。砂丘が同じ形をとどめないのと同じ理由において。

一瞬と永遠はそこではいつも同質であった。

何十年か後、一人の別の男が砂漠に迷い込み、死と隣り合わせになった。

男は助かりたい一心で歩きつづけているが、方位も分からず、どこへ向かえばいいのかも見当がつかなかった。

ただ逃げることだけを考えて、男は砂漠を何日間も横断していたのだ。

やがて男は砂丘の頂上にきらめく金属の塊を発見する。それは何キロも先から輝き、男を導いたが、墜落したセスナ機の右翼の先端だとは気づこうはずもない。

人工的な輝きの先に、脱出口があるかもしれない、と男は色めきたったが、それはまもなく失望へと変化する。

たどり着いた時、描いてきた希望が、埋もれた金属の一部であることを知って彼は愕然となる。男は金属の袂にしゃがみこみ、四方を眺めた。延々と続く果てのない砂漠が三百六十度広がっているのが見渡せるだけであった。

力尽きた男は、金属のでっぱりに頭を凭れ、仰向けになって寝ころんだ。そして自分が生きてきた年月を振り返った。涙が流れては次々蒸発をしていく。何を考えても、後悔ばかりが浮かんできた。行ってきた一つ一つに、人生の意味を重ねようと試みたが、結局一つも満足のいく意味にはたどり着くことはできなかった。

ただ、砂塵を含んだ風が吹き抜けていき、濡れた目元が砂だらけになるばかりであった。

夜がやってきて、男はついに自分が死ぬことを悟るようになった。

意識が薄れはじめる中で、男は思い出を反芻した。無邪気だった子供の頃の思い出ばかりが沸き出してきた。思い出しながら男は、声を出して泣いた。泣いて、もう一滴も涙が出なくなるまで泣きつづけた。

声さえも出なくなると、そこに悟りが残った。体力が尽きようとしていた。痛みも悲しみもすっかり萎んで、眠気だけが男を支配しはじめていた。

俺は幸せだった、と男は心の中で思った。どうしてそう口にできたのか、は分からない。ただ肉体の下の方から自然に言葉ができてきたのだった。

どちらかを選択しなければならないその時、男はそう考える道を取った。自分がおかした行動を正当化しようとしたわけではない。自分が生きた存在にただ感謝をしただけだった。それが自分の最期の幸福だと、彼は考えて疑わなかった。

男の死体を偶然に映画の撮影隊が発見した時、男はすでに白骨化しており、骨は砂に半分ほど埋もれていた。

死体のすぐ傍で輝いていたものが数十年前に墜落したセスナ機であることが分かるまでには、さらに数週間の時間を要した。

三つの死体はそれぞれ違った方向を目指しながら、結局一つのところに集まった。けれども、共通する死の理由を誰も見つけ出すことはできなかった。

パイロットが女性で、当時消息不明になったセスナ機を運転していたことが分かるまでにはさらに数週間の日数が必要であった。その女性パイロットの傍らで発見された男の死体からは名前は見つけ出すことはできなかった。

最後にそこにたどり着いた男は身分証明書から軍人であることが分かったが、彼が持ち出した軍の機密の流出を防ぐ目的で、政府はその男の死を公にはしなかった。

なんの関係もなく、三つの死は折り重なって出土した。それだけのことであり、それ以上の意味はそこには無かった。三つの死について、様々な推理がなされ、しばらくの間マスコミを賑わせたが、それらの好奇心もいつしか人々の記憶から消えてなくなっていった。

さようなら、と誰かが唱えた。さようなら、と誰かが言った。

またあいましょう、と別の誰かが言い、しあわせだった、と別の誰かが嘘をついた。

風は砂漠を一定には保たせない。できては変化する風紋のように、人生には同じ模様は存在しない。無限が意味するものは、終わることのない一篇の詩であり、一つの死である。さようなら、と私も言うべきかもしれない。

愛の工面

1

レンズを通して見る彼とは、いつもうまくいく。ナチュラルに向かい合うことができる。なのに、カメラから一旦離れると、私は急にどうしていいのか分からなくなってしまう。慌てて視線を逸《そ》らし、彼と私を取り巻くあらゆることに対して物怖じしてしまう。おかしなことだとは思うが、それは彼と別れた今でも全く変わらない。

だから私はカメラだけはどんな時も、つねに肌身離さず持ち歩くようにしている。それは私が彼と、あるいはこう言っても差し支えないだろうが、この私を取り囲む世界と対等に向き合うために必要な薄いブルーのフィルターなのだ。

私は昔から対人恐怖症のようなところがあり、特に子供の頃は、それが酷《ひど》くて、人見知りも激しく、親戚の家に遊びに行っては帰りたいと泣きわめき、クラス替えのたびに苛《いじ》められているような気分になって、学校を無断で休んだ。とにかく他人に見られるのが異常に怖かったのだ。自分以外の存在に干渉されるということ、見られるということ、覗《のぞ》き込まれるということ、これほど恐ろしいことはない。

大学時代、写真部に在籍していたという父親に買い与えられた旧式カメラが、そんな私と世界との関わり方を変えるきっかけとなった。登校拒否児童だった私を心配して、父親は何を思ったかある日、一眼レフのカメラを買ってきた。女の子にカメラというのも、今になって考えればおかしな話だが、あの時、私は素直にそのプレゼントを喜んだ。父親にしてみれば、私がカメラを操作することで、クラスでの役割を確保し、唯一の存在としてクラスメートから尊敬されるようになれば、という考えがあったようだ。事実私は学芸会や遠足のたびに、カメラマンとして重宝がられるようになっていった。父の思惑通りになったかどうかは別として、私はその機械を覗くことでこの世界と接点をもつことができるようになったわけだし、また現在、こうして写真家という仕事まで手に入れることができたわけだから、父に感謝しないわけにはいかない。

初めてレンズ越しに見た世界の、未知の質感への驚きは新鮮だった。突然目の前が開けたように明るくなり、私の人生はその瞬間から変化した。レンズ越しに覗き見る世界は、全くの別世界であった。そこに他者は存在しない。私を取り巻く全ての事象は被写体に過ぎないのだから。私はレンズを覗くことで、それまでの弱き立場を返上することができるようになり、シャッターを押す瞬間、刑の執行人にさえなりえた。

私は突然写す側に回り、世界は私によって写される側へと落ちぶれる。これは実に小気味のいいことで、そのおかげで私はある時から、世界と対等に、というより、優越感をもって関わることができるようになったのである。

私は彼を見る。そして私は彼に言う。レンズをもっとしっかり見て、と。彼の視線がレンズへ向かう。しかし私は恥ずかしくなることはない。彼が見ているものが、私ではなくて、レンズであることを知っているからだ。彼はレンズを見ている、私ではなく。私は世界と、そんなふうに関わって、今日まで生きてきた。写真機は私にとって、外の世界への入口であり、また世界そのものと言っても過言ではない。私はファインダーを覗くことで、今日がどういう具合に機能しているのかを理解し、判断し、分別する。そして私は自分が切り取る世界の意匠をフィルムに焼き付けていく。写真は私の足跡となり、私はカメラそのものになる。

撮影が終わると、彼は微笑《ほほえ》んだ。私は視線を逸らし、道具を片づけはじめる。彼は私の後ろ姿に向かって何か喋《しゃべ》りはじめるが、私にはそれはただの風の音のようにしか響かない。私にはもう彼の姿は見えない。

2

かつて私が少女だった頃、被写体はいつも死期が迫っているものばかりだった。干からびた皮膚、干からびた花、干からびた犬、干からびたトカゲ、干からびた娼婦、干からびた都市。

カメラを抱えて歩きながら、私はいつも色褪せていく生物の最期の瞬間を狙っていた。あの頃の私は、死に至る生物の時間を、儚《はかな》く、美しいものだと感じていたようだ。踏みつけられた草花や路地裏に放置された動物の死体には殊のほかシンパシーを感じた。それらを印画紙に焼いては、部屋の無味乾燥な壁に次々と飾った。

父親はある日、そんな私の作品を見て、目を丸くするのだった。どうして、こんなに暗いものばかりを撮るんだい。彼の目には私が写したモノたちが奇々怪々としたただの暗い存在としてしか映っていないようだった。彼には、踏みつけられた草花や動物の死骸に美を感じとる能力が欠落していたのだ。美しいものを美しく撮ることが、写真の本質なのだよ。父はそういいながら、私の撮った写真を目を細めながら不服そうに眺めていた。

しかし、私は断言するが——死そのものが好きなのではない。失われていく過程にあるものを撮ることが好きなのだ。儚さを湛《たた》え、死へと向かう消失の過程は、落差が大きければ大きいほどドラマチックな悲しみを増す。

少女や少年は私にとってこの世で一番尊い被写体となった。私がプロの、最初の仕事として取り組んだのも少女写真集だった。それは数年間にわたって、ある少女の成長の過程を記録するという、仕事だった。少女が大人になっていく過程。それはまた必ず誰もが通過していく、そして間違いなく死へと向かう完全な終焉へのプロセスなのである。

被写体として捜し出した子は本当に美しい少女だった。写真集となって、その子を撮った作品は今も書店に並んでいるが、あの瞬間に存在していた少女は当然もう今のこの世界には存在しない。

幾年かが過ぎて、大人の女へと成長したかつての少女が私の前に現れた時、私は驚いた。そして彼女の完成された美しさに嫉妬し、また同時に自分の頭では理解できないエクスタシーを覚えたのだった。彼女はもう私の手が届かない大人のエロスに満ちた女へと変貌を遂げていたのだ。

少女が、自分の手の届かない存在になっていくのを、私はあの時、確かに喜んでいた。大人になってしまった彼女と会話をかわすうちに、私は彼女の溢れんばかりの美貌から、得体の知れないフェロモンを嗅ぎ出していた。

私は大人となった少女と向かい合いながら、思い出す。そうだ。私はあの過去の一時期、誰もが知らないあの少女のあどけない一瞬一瞬を、レンズを通してこっそり犯していた。私だけがあの時、彼女の無垢《むく》な美を公然と点検することができた。いや、あの時の少女は、もう今という瞬間には存在しないのだから、私だけが、その秘めた過去の部分を独占することができた唯一の人間ということになる。彼女がこれから出会うだろう恋人や、或いは夫となる男たち、そして彼女を愛すだろう幾百、幾千の男や女たちが、逆立ちしても決して経験することができない尊い瞬間を、私だけがはっきりと脳の奥から引っ張りだすことができるのである。私はそれを記憶のスクリーンで反芻《はんすう》しながら、時折、少女時代の彼女を愛撫する。

私ハ愛シテイル。私が今日まで撮りつづけてきた多くの被写体の一時期の複製を。いつかは死んでいく本物の存在の方ではなく、決して朽ちることのない、私だけの完璧な被写体を。それは私が少女の時代に撮りつづけていた死の予感そのものでもある。

3

私がカメラを向けると、男たちは皆女性化してしまう。カメラはペニスだ。顔の前面に突起した肉の塊？　これは女たちを撮る時も全く同じ。私はカメラを構えた瞬間、男神になる。どんなに逞《たくま》しい男、生意気な女も、私の前では服を剝かれた少女に過ぎない。

男たちは私にカメラを向けられることに、何故か共通の興奮を覚えているようだ。女性の被写体よりも、実は男性の方がこの願望が強いことを発見したのは写真家になってからのことで、大抵の男は恥ずかしがって、カメラを一様に拒絶するのだが、本当はみんな綺麗に撮られたい、と心の底では願っている。

私の一番の撮影技術は、そんな彼らの心の襞《ひだ》をくすぐることにある。ここだというタイミングを逃さない。その瞬間、大抵はシャッターを押す直前だが、ファインダーを覗きながら、観察するような口調で、必ず彼らに声を掛ける。

——ふーん、とっても綺麗な顔をされているんですね。

私はレンズごと目になって、そう呟いてみる。すると、男たちは——そう、どんなに威厳のある男でも——みんな必ず、照れて微笑み返してくる。私だけにしかみせない一瞬の素顔。私は続けざまにシャッターを切る。そのシャッター音に、彼らはエクスタシーを覚えるのだ。緊張と快感が目尻や小鼻のそこかしこに見えて、それは私の撮影での楽しみでもある。どうも私は撮られている側を気持ちよくさせるフェロモンを持っているらしい。

そんな私のテクニックが全く通用しなかったのが、彼だ。私たちが初めて出会った日、それは桜がやっと咲きだした四月の初旬だったが、彼は撮影されているというのに空ばかりを見ていた。レンズに目線をほしかったのと、こういう傲慢な態度をとる被写体に対して起こる、写真家として当然の支配欲のために、私はいつものように囁いてみた。しかし彼は反応を返してはこなかった。風が強くて声が届かなかったのかもしれない。私はそう思い直し、もう一度、声を掛けた。すると彼は私を一瞥して、レンズを掌で塞いでしまったのである。すこし黙ってみないか、と諭されたような感じがした。その時初めて被写体が見ようとしている視線の先が気になった。

顔のアップを撮ることを諦め、彼から離れると、好きなようにしていいよ、と私は囁いた。無邪気に笑った彼は、束縛から解放された鳥のようだった。カメラは既に私の手の中で、その役目を放棄していた。結局その日は撮影らしい撮影ができず、三十分ほど彼を眺めて、終わりとなった。私はそれまで、撮影することばかりがいつも頭のどこかにあって、被写体を眺めるということを忘れていた。シャッターチャンスが向こうからやってくるのを待つ。単純なことのようだが、カメラマンにとってそれはとても根気と愛情のいる技術なのだ。

彼と付き合いだしたのは、それからまもなくのことだった。勿論、彼がはじめての男ではない。幾人かの男性を経験した後の一人に過ぎなかったが、彼はどこか他の男たちとは違う空気を漂わせていた。男も女も被写体としてしか愛せなくなっていた私にとって、彼は初めて私の前に立った一人の男神となった。

私は今日まで彼のことをずっと撮りつづけてきた。付き合っていた頃の日々も、そして別れてからの今日までも。彼は私にとって、きっとどちらかが死ぬまで続く、もっとも私に相応《ふさわ》しいパートナーであることに間違いはない。

私は彼と別れてから、誰か別の男と恋はしても、しかしずっと一人で暮らしてきた。結婚という安全地帯に逃避することもせず、寂しい夜は暗室に籠もり、昔の一番素敵な彼の顔を印画紙に焼いて過ごす。ネガの中に眠っている純粋な彼との一時《ひととき》を揺さぶり起こしている。

4

世界は光と影とからなっている。

私はずっと彼と交わろうとはしなかった。最初の頃、私は彼と一つになることが何故か恐ろしく、悉《ことごと》く行為を拒絶していたのだ。彼が近寄ってくると、私は力ずくで彼を押し退けた。世界は一対一でできていて、白と黒が半分半分だった。私は我慢するのが嫌いだったし、世界は我慢することを時々強要してきて、私とぶつかりあったりした。光と影は絶対に溶け合ってはならない。両者は完全に分離し、その魅力を維持しなくてはならないのだから。私はその関係を壊したくなかっただけなのである。

私たちの生活はいつも、そんなふうに一進一退だった。寝るときも起きてからも。食べる時も食べない時も。言い合うときも、言い合わないときも……。

言葉に詰まると、私はいつもシャッターを切った。そこには彼の不貞腐《ふてくさ》れた顔や、怒った顔があった。そんな時、彼はシャッター音のことを虫の羽音に喩《たと》えて嫌がった。カシャ、カシャ、と響く私のカメラは、私と彼との感情を漂流する、羽虫だったのか。

彼が机に向かって小説を書いているところを撮るのが好きだった。左の肘をついて、体をやや斜めにして、彼は原稿用紙に向かっていた。かりかりと、万年筆の音だけが、仕事部屋を満たしていた。そこはとても神聖な領域で、一緒に生活をしはじめた頃は、気安く入室することもままならなかった。

彼の、仕事に向かう姿を眺めているのは飽きなかった。私はひとしきり写真を撮ったあとは、仕事部屋の隅に座り、黙って何時間もその姿を眺め続けた。ただ、見ているだけで良かったのだ。

彼と交接を持ったのは、生活を共にしはじめてから、三カ月ほど後のことである。

私からカメラを取り上げた彼が、いきなり、私のことを撮り出した。突然、私の写真機は私を写し始めた。カシャ、カシャ、という音が室内に響き出し、私は恐怖で少しの間どうしていいのか分からなくなってしまった。

家中を逃げ回り、彼は私を追いかけ回した。彼の顔はカメラで隠されていて表情が摑《つか》めない。まるでサイボーグのような顔。被写体はいつも私のこんな顔を見ていることになるのか。

なんともいえない恐怖感に包まれながら、逃げ回った。いつも手の中にあるはずのカメラがなく、いつも被写体でしかなかった男が、カメラを翳《かざ》して迫ってくるのである。私はといえば、まるで戦士が剣を持たずに、戦っているような惨めな状態であった。

私はプライドを傷つけられ、寝室の隅に追い詰められた。彼は私の前で仁王立ちになり、恐れでひきつる寸前の私を、カメラで犯し続けた。私は顔を背け、唇を嚙みしめる。それでも彼は、容赦なく、シャッターを切り続ける。屈辱はしだいに私の体内で甘い砂糖菓子に変わる。もう、お願いだから、止めて。私が最後にそう呟くと、彼は初めてカメラを下ろした。そこには、いつもの彼の顔があった。私は彼の体にしがみつき、求めたのだ。その時、彼は既に私の被写体ではなかった。温もりがあった。温もりとは、レンズに向けられる微笑みのことだと信じていた私は、被写体の心臓も動いているという当たり前のことに感動したのだった。撮られることの恐怖から逃れることができた安堵感が、私を初めてのエクスタシー、或いは、それまでに一度も経験したことのない精神的な昂《たかぶ》り、へと導いた。私は自分のカメラによって、厚きプライドを剝がされ、その時、ただ一人の女になったのである。

アンセル・アダムズのゾーンシステムによって、ある時私は、一番理想の露出をメーターを使って計ることができるようになった。一番理想の露出。私の露光、私の感光。

世界は光と影とでなっている。

5

別れた今でも、私は彼としょっちゅう会っている。彼の仕事やプライベートな事情があって、何週間も会えない日々が続くこともあるが、それでも月に一度は必ず恒例のようにデート？　を繰り返している。

ただし、私の方から彼に電話を掛けることはない。私からは一度も電話を掛けたことはないのだ。一つには私のプライドがそうさせているのだが、もう一つ、彼の家には私に代わる新しいパートナーがいるからである。彼は私と別れた直後に結婚をした。その人は私よりもずっと若い人で、まだ少女の余韻を残した女性である。

嫉妬なんかはしていない。彼女がモデルだということ以外は何も知らされていないのだから、嫉妬のしようもない。彼は会ってもその女性のことは決して口には出さない。私だって聞きたくもないし、関係のないことだと彼の前でははっきりと言っている。私は私、彼は彼、そしてその子はその子なのだ。

私と彼とは会って話をする以外、何をするわけでもない。セックスは勿論、キスも、そして手を握ることさえ。そうしたって構わない、と彼はよく口にするが、私にはできない。私だってそうしたい時はある。彼があんまり優しそうな視線で私を見つめるときなど、私は過日の亀裂にしがみついてしまいたくなるほど苦しくなるのだ。

危ない一線を越えないようにしながら、私たちはデートを重ねている。いくつかのタブーと幾つかの約束ごとをこっそり隠し持って。

ただ、私が彼に昔のまま許していることが一つだけある。それは私を撮らせることだ。

私は写真を撮られるのが嫌いで、今まで第三者にそれを許したことがない。私に写真を教えた多くのカメラマンたちは私をモデルにしたがっていた。教えてやる代わりに、お前を撮らせろ、と強引にカメラを向けられたこともある。しかし、私は頑《かたくな》にそれを断ってきた。何故なのか、はっきりとは分からない。怖かったからだと思う。だから、撮られた写真はいつもひきつった顔をしていた。

それが彼と付き合っていた期間だけ、私は彼に写真を撮ることを許してきたのだ。二人の間で起こったどんな行為よりも、彼が撮ってくれた写真の方がその存在の意味が大きかった。私は彼の前でだけは、いつも素直な顔をすることができるのだった。

私たちはその日、古びた都営アパートの屋上にいた。静かな平日で、時々近くを通過する都電の音が切なく響くだけだった。風が穏やかで、髪の毛が私の胸元で遊んでいた。

彼はカメラを抱えて私の前に立っていた。そして私は蔦《つた》の絡まる屋上の真ん中にしゃがみこんでいた。

彼は暫く私の表情をぼんやりと眺めていたが、そのうちシャッターを切りはじめた。カシャ、カシャ。私はそしてカメラと近親相姦をはじめる。彼はまるで子供のように私の周りを歩きまわる。私はじっと遠くへ視線を投げかけている。彼は撮りながら、いろいろ注文をつけてくる。ああしてほしい、こうしてほしい。私はその言葉にだけは逆らわない。言われた通り素直にその指示に従うのだ。私は従順な被写体を演じている。無を感じる瞬間。それが私の彼への気持ちなのである。

ただし、彼が写したフィルムは一本も彼には渡したりはしない。彼もそれが条件で撮影を許可されていることを知っている。

フィルムは私が自分の暗室で現像することにしている。暗室で浮き上がってくる自分の顔は、彼の私への気持ちなのかもしれない。私にとって彼は無害な生き物なのだ。

そして私は夜を徹して、写真を焼く。浮き上がってくる私の顔。私の知らない私の表情。彼はそのタイミングをちゃんと心得ていて、私に見せてくれるのだった。

元気をだしてほしい、と彼が私に呼びかけている。

6

私はよく一人で——ただしカメラだけは必ずバッグに入れて——ふらっと目的のない旅に出る。どこに行くのかは、駅や空港につくまでは分からない。例えばそこが空港なら、カウンターについてからフライトインフォメーションを見て、目的地の名前、飛行機の便名、出発時間などを考慮して、行く先を決める。

彼と付き合っていた頃、二人でよくそうして旅に出掛けたものだった。何にも持たずに何にも決めずに。時にはパスポートを持って空港に行くこともあった。彼と別れてからは、一人の旅が続いている。

太陽が青い空の中にある。気の早い入道雲が岬の果てから海峡の先まで伸びている。風が私を吹き抜ける。はだけたシャツを膨らませ、私の地肌をくすぐっていく。まるであの人が私の側にいるような錯覚が起こる。鷗が頭上を旋回し、遠くを行く貨物船の航跡が群青の海に切りつける。

どうして君はそんなに感情的に生きるんだい――

私は振り返る。臥牛《がぎゅう》の山の岩肌が露出して、そこに光が跳ね返り、一瞬私は目を細める。鷗の鳴き声が私を連れていく。

どうして君はそんなに一生懸命すぎるんだい――

山背《やませ》風《かぜ》が吹き下ろし、耳の中でこだまする。岩浜の方から子供たちの騒ぐ声に混じって、海のうねりが届けられる。何年も前にかつて私たちはここに立った。その時、私は彼の心地よさに気がついていなかった。私はしょっちゅう不平を洩らし、しょっちゅう怒ったり泣いたり。そのたびに彼は私を遠くへ連れだしてくれた。「都会がいけないんだよ」。あそこは君の心を落ちつかせない」。彼の手の温もりと、その大きさに私は甘えていたのだ。

どうして君はそんなに気分に左右されるんだい――

彼が歩いた後を、私はゆっくりと追いかけた。岬の崖縁に立つ彼の背中は私にとってあまりにも寛大で、私はその背中を突きたくなった。自殺の名所だよ、とタクシーの人が教えてくれた岬の突端。彼は私に背をむけ、きっと微笑んでいたに違いない。あの時、なんで背中を押さなかったのだろう。押していれば、彼はずっと私のものだった。

どうして君はもっとゆっくり呼吸をしないんだい——

都会で私は激しく息を吸い、激しく息を吐いた。日常の中で私は私を取り巻く全てのことと戦っていたのだ。今もそうだが、あの頃の私には抑えることができなかった。もし彼がいなかったら、私は私自身を岬の突端から突き落としていたかもしれない。

どうして君はそんなに必死で走っているんだい——

私は彼の手を後ろから握りしめる。彼がどこかへ行ってしまうのではないかと、急に不安にかられたからだ。彼はそんな私を優しく抱きしめた。あの時、私の目が捕えていたものは彼の姿ではない。海峡の先に浮かぶ白く霞んだ本州の影だった。

どうして君はそんなに全部を見せようとするんだい——

彼は私の細い体を抱きながら、もっとゆっくり生きなさい、と呟いた。吐息のような囁きで、吹き抜ける風の音にかき消されそうな声だった。

君がこわれてしまう前に——

私は今、一人で同じ場所に立っている。風があの時と同じ向きから吹きつける。私は風に向かってレンズを向け、シャッターを押す。一枚。二枚。さらにもう一枚。シャッターを切るたびに何かが私の中で燃え上がる。ピントを合わせる必要のない風の存在を、心の奥にとどめるために。

どうして君は僕の中にじっとしていてくれないんだい――

私はカメラから顔を外す。青空の先で何かが私を見つめている。

7

ロープウェイ乗り場で、一人の青年と会った。チケットを買うために行列に並んでいると、巻き毛の青年がすっと私の前に割り込んできたのだ。そして振り返り、微笑んだ。

まるで私の連れのような親しい笑顔。私の後ろに並んでいた人達は、てっきり恋人同士だと思ったに違いない。彼が割り込んだことに、抗議をする者はいなかった。

青年は私を見つめ、それから小さな野花をどこからともなく取り出した。

「そこで摘んだんだ。あんまり綺麗だったから、君にと思って」

青年はそう言うと、私の胸元にその花を、ブローチのように差した。すぐ後ろに並んでいる老夫婦は、その花を見て、にこにこ微笑んでいる。私は一瞬、青年を睨み付けたが、彼は涼しい顔で微笑み返しただけだった。

ロープウェイに乗ると、青年は私にぴったり寄り添って並んだ。

「ずうずうしいのね。みんなちゃんと並んでいるのに、割り込むなんて」

睨んでそう言うと、青年は、私の腕を摑んで、やや声を潜めて言った。

「見てごらん、ほら、あそこ、あ、あっちも、きらきら光っている。墜落した星みたいだ。粉々に砕けた星の破片みたい」

青年の指さす方を見ると、砂州状の街のあちこちで、車のボンネットが光を反射して、きらきらと輝いていた。よく見ると、一つや二つではない。街中至る所で、宝石のように輝いているのだ。綺麗だよな。どうしてあんなに綺麗なんだろうな。青年は、大発見をしたようにそう繰り返す。その感動の仕方が、可愛らしくて、列に割り込んだことはもうどうでも良くなってしまう。

展望台に着いても、青年は私の横にぴったり寄り添っていた。時々、遠くの方を指さして、何かを見つけては、ねぇ、見てよ、凄く綺麗だよ、と騒ぐ。

私たちは、展望台のテラスレストランでお茶を飲んだ。青年は私の前に座り、私はじっと私のことを見つめる青年の視線を時々はぐらかしていた。急に青年の視線が男の目になっていることに、私は驚いた。目の縁がきらきら輝いている。瞬きをするたびに、光は一瞬吸い込まれ、そして吐き出された。

「旅行？」

聞いてみた。しかし、青年は私の質問には答えなかった。

「いつもぼくは帰るところを探しているんだ。君はぼくの帰るところ？」

私は目を丸くして、青年の目を覗き込んだ。魚眼レンズのような黒目に、私が映っている。私はいつも、会う人会う人に、この青年と同じ言葉を発してきたのだ。

——帰るところを探しているの。

突然出会った名も知らぬ青年が、自分の中に入り込んで来るようで不思議な気分だった。

「あなたは私の帰るところ？」

今度は私が青年に聞いてみた。青年は、ふっと笑って頭を掻いた。

どうして人は旅に出るのだろう。現実を忘れるため？　それとも、現実に出会うため？　現実の欠けた部分を埋めるために？　あるいは、帰るところを思い出すためだろうか。

青年と私は夕日が西の空に沈むのを一緒に見送ってから、帰りのロープウェイに飛び乗った。中は大勢の観光客で混んでいた。私たちは登る時よりも、寄り添い、そして輝きだした夜景を眺めていた。

「あ、点いたよ。ほら、あそこの家の明かり。あ、あっちも、やっぱり星が墜落したんだ」

青年は、家々の明かりがふっと灯るたびに、私の耳元でそう言いつづけた。私たちはいつのまにか手を繋いでいたが、ロープウェイが麓に着き、扉が開くと自然にその手は離れてしまった。

彼がくれた野花は、今も本に挟んで大切にとってある。

8

男は、静かに車を駐車場に滑り込ませた。深夜の二時を過ぎている。私が冗談半分で行ってみようか、とだだをこねたら、男は、何事も経験だぜ、と私をここに連れ込んだ。私たちけそっと隠れるように建物の中へ入った。フロントは暗く、男が何やらこそこそ受付で鍵を貰っていた。

私たちは黙ったまま、エレベーターに乗った。部屋に着くまで、私は胸が張り裂けそうなくらいドキドキしていた。ラブホテルに入ったことがなかったからだ。

部屋は想像していたのとは違っていて、アメリカのモーテルのようにあっさりとしていた。もっと鏡とか、エロティックな装飾が施されているのかと楽しみにしていたのに、正直言ってがっかりだった。

中央に、大きめのダブルベッドがあり、それも振動したり、回転したりするものではなく、期待はずれだった。

壁に取り付けられているクーラーの音だけが、異常に大きくて、ムードなどまるでない部屋だった。

男は、それでもそわそわしていて、私のことを意識していた。私は男のことなど無視して、部屋を見回した。ベッドの上のところにスキンの袋を見つけた。私はそれを摑み、男に、ほら、これ、と叫んでみせた。男の顔が一瞬ひきつったのが分かった。

私は構わず、それを破り、中からピンク色のスキンを取り出した。男の口が半分開いていて、私がしていることを目で追った。私はそれを膨らまし、そして風船にして飛ばした。そして男の目の前でそれを力任せに叩き割ってしまった。

私はそれから、風呂場に行き、男を外に待たせて、シャワーを浴びた。狭い風呂場で、ここも期待外れだった。私は全身を丹念に洗った。胸や腰や足首なんかを徹底的に洗った。私が出ると、入れ替わりに男が風呂に入った。見せてよ、と言うと、男は恥ずかしそうに首を左右に振った。期待外れだった。

ベッドのスプリングを試して、跳びはねていると、男がバスローブに身をくるんで出てきた。相変わらずそわそわしているので、可笑《おか》しくなって声をだして笑ってしまった。

男は冷蔵庫からコーラを取り出した。一本のコーラを交互に飲んだ。炭酸が渇ききった喉を刺激した。

私たちはベッドに並んで座り、話の続きをした。仕事のことや、生い立ちのことや、子供のことや、別れた女のことなど、男は自分のことをどんどん話した。私は何度も話の腰を折って、男を困らせた。そのたびに男は、向きになって反論するのだった。

私は途中で頭にきて、不良中年め、と男の頭を叩いた。男は私の体を抱き抱えた。力があった。そのまま押し倒され、両手をベッドに押さえつけられた。

男がバスローブに手をかけた。私はじっと男の目を見つめ、そんなの嫌だよ、と呟いた。男は、急におろおろしだし、私の手を離した。私はすぐに男の鳩尾《みぞおち》を蹴った。男は転がりのたうち回った。期待外れめ。

それから、私たちはベッドに横になり、静かに目を瞑った。帰ろうか、と私が言うと、男は、何も言わず私の手を握った。私も彼の手を握りしめた。

夜がいつ明けたのか、私は知らなかった。いつ眠ってしまったのかも分からなかった。

どこからともなく線状の光が差し込んでいて、それはまるで海中の陽光だった。私は朝が来たことを知った。いつの間にか夜が過ぎていて、私は男の腕の中にいた。誰かと朝を一緒に迎えてしまったことに驚いた。ずっとなかった感覚だったからだ。頑に生きてきた私を、横にいる男は優しく朝まで抱き留めてくれていたのだ。私はドキドキしていた。ただ朝を迎えるだけでこんなに心が動くなんて、期待はずれで、涙が溢れた。

9

先日彼と偶然道端で会ってしまった。彼の横には新しい女性がいた。今や彼の妻という立場にいる女だ。私よりもずっと若い女。

私たちは三人で近くのカフェに入った。彼が一緒にお茶を飲もうと言ったからだ。断ることもできたが、いつまでも拗《す》ねることはかっこいいことではない。私たちは丸いテーブルに向かい合って座った。

私たちは和やかに話をした。若い女はこっそり私を見ていた。私に対して、興味を持っているのが分かった。過去をあれこれ詮索して今の自分と比べているに違いない。それが若さだ。私はそういう彼女の態度を見ているうちに、すっと自分の中で彼に対して抱いていた仄《ほの》かな気持ちが遠ざかっていくのを覚えた。

女がトイレに立つと、彼は自分の鞄の中から鈍く光る円筒形のものを取り出した。

私が彼と付き合いだした頃に、プレゼントした万華鏡だった。

不思議だな。やっぱり君とは呼び合うものがあるのかな。出掛けに、なんとなくこれを鞄の中に入れたんだ——

彼はそう言って肩をすくめてみせた。

その万華鏡には沢山の思い出がある。苦しい時や、楽しい時に、よく二人で覗きあっていたからだ。

そういえば、よく覗いたわね——

彼は照れながら覗いた。

まだ大事にしてくれていたんだ——

勿論さ、でもあいつには内緒だけれど。彼はそう言って、新しい女が立っていった方に顎をしゃくった。私は笑った。彼も微笑んだ。

捨てきれない物ってあるだろう。この万華鏡はどんなことがあっても捨てられない。ここには君との思い出が沢山詰まっているからね。偶然、今日これを持っていたのも、君に引き寄せられたからかな——

男はそう言うと、それを覗き込んだ。

綺麗な模様だよ。よく、二人でこうして覗きあったな――

私は笑うのを止めた。

今もそうやって時々覗くことがあるの？

彼は万華鏡から目を離さずに、言う。

ああ、ある――

今は、あの人と、一緒に覗いているんでしょう？――

彼は顔を上げる。その顔は少し困った表情をしている。私たちは黙って見つめ合う。

貸して？――

私はそう言うと彼から万華鏡を取る。

私の機嫌を取るように、彼は少し明るい声で言った。

どう、綺麗だろ？――

私は黙ったまま万華鏡を覗き込んだ。くるくると回しながら、変化していく模様を見続けた。

あいつには申し訳ないとは思うんだが、この万華鏡を見ていると、君のことが浮かぶんだ――

私はじっと模様を見ていた。

元気そうだな――

私は万華鏡から目を離さず、彼に向かって少し大きな声で言った。

違うわ――

えっ、彼は上体を私の方へ向ける。

全然違う。私が昔見ていた模様とは、全然違う――

もう一方の目で、彼の顔を見てみた。困惑した男の顔が模様と重なって見える。彼の顔の周りできらきらと原色が舞っていた。

どんなに回しても、あの頃、二人で見ていた模様にはもう二度と出会えないわね

――

私がそう言うと彼は顔を逸らした。私は万華鏡から顔を離し、それを彼に返した。

二度と同じ模様ができないから、万華鏡は好きなの――

そう呟いた時、遠くから新しい女が歩いてくるのが見えた。彼女の鼻唄が風に乗って聞こえてきた。

10

写真展がはじまった。毎年、懇意にして貰っているギャラリーの主催で、一週間だけ短い個展が開かれる。

今回のテーマは「風船」である。

風船を握っている人達を撮りつづけた作品ばかりを集めた。子供は勿論、年輩者まで、様々な人達に風船を持ってもらいシャッターを押してきた。カラフルな風船が、人々の日常をユーモラスに、そして時にシニカルに表現した。

個展がはじまって三日ほどして、彼が見に来てくれた。

風船というテーマが面白いな。まったく君らしいよ――

彼は、会った途端に、そんなふうなことを口走った。偉そうな言い方が可笑しくて、私は笑ってしまった。

でも、どうして風船なんだい？――

私は、じっと作品を覗き込む彼の横顔を見つめながら、嘆息を洩らした。彼には何度も話したはずなのに……

私は小さな頃から、風船が大好きだった。遊園地に連れていかれると必ず風船を買ってくれとせがんだ。乗物なんかよりも風船の方が第一だった。とにかくあのカラフルな丸みが好きだったのだ。

しかし私が風船を好きな本当の理由は、カラフルさ以外にもある。それはあの風船の危うさだ。ちょっと手を離したら、ふっとどこかへ飛んでいってしまう危うさ。私が風船を好きな理由は、その危険な美しさにある。

風船を買って貰うといつも、手を離したい、という感情で胸がいっぱいになる。そのたびに私の心臓はドキドキと唸る。そして結局、握っていた手を離してしまうのだ。離したら、もう自分の物ではなくなってしまうと分かっていながら、そうせずにはいられない。父も、買い与えてもすぐに手を離してしまう私に呆れて、手首にゆわいつけたことがあった。しかしそれでも私は、あらゆる手段を使ってそれを解き、空へと風船をまるで放流でもするように、離してしまうのだ。

大空を舞うから風船は美しい、ということを私は子供ながらに知っていたことになる。

今でも、その気持ちは変わらない。

だから写真展の写真は二枚が対になっている。一枚は風船を手放した写真。空へ向かって飛んでいく風船とそれを見つめる被写体の写真だ。苦々しい顔もあれば、清々しい顔もある。

大好きなのに、手放したくなるもの。

そんなものはそう滅多にはない。手を離れて空へと昇っていく風船の美しさと儚さを、私は子供の頃から愛していた。この写真展は、そういう意味で自分自身の願望を表した個展ということもできる。

そういえば彼にも風船を買って貰ったことがあった。遊園地に行った時のことだ。風船を買ってとせがむと、彼は店中の風船をまとめて買ってくれた。何十個もの風船を手にして、私の心臓はドキドキ、激しく唸りを上げた。

手放したい、という気持ちと、それを持って帰りたいという二つの気持ちに苛《さいな》まれるのだった。しかし結局、私は遊園地の真ん中でそれを手放した。

彼はただ呆然と、空を舞う風船の束を見つめているだけだった。近くにいた子供たちが走り寄ってきて、私が空に放った風船の束を指さしては騒いでいた。

鮮やかな色彩を持って今でもその記憶ははっきりと残っている。

彼は私の写真について何かひと言ふた言感想を述べた。そして最後にこうつぶやいた。

そういえば昔風船を、君に買ってあげたことがあったな――

手を離すと空へ飛んで行きそうで怖い、けれどいつも手を離してしまう風船。青空の真ん中をゆうゆうと昇っていく風船に私はいつも自分の姿を重ね合わせて生きている。

11

暗室が好きだ。暗室にいると何故かとても落ちつく。紙焼きがない時でも、私はよく暗室に籠もる。何をするわけでもなく、ただ明かりを消して、セーフライトの赤い光にうっすらと浮かび上がった密室を見回している。

人と会いたくない時は、いつもそこへ逃げ込む。暗室は完全な密室なのだ。私が作業をしている間は誰も中へ入ってこれない。

私はそこでよく居眠りをする。薬品の酸っぱい匂いもすっかり慣れてしまった。暗室で必ず見る夢がある。それが面白いことに、その夢は暗室でしか見たことがない夢なのだ。

私はいつも夢の中で暗室で寝ているのである。暗室で寝ている夢を暗室で見ているなんていうのもおかしな話だが、夢だから文句をいうこともできない。

すると、暗室の床を叩く音がするのである。私は驚いて目を覚ます。暗室の床の一部がちょうど四角いハッチのようになっていて、そこから光が漏れている。

ハッチが開くにしたがって、光がどんどん溢れてくる。そして中から、宇宙服に身をくるんだ彼が出てくるのだ。彼は私を見るなり、手招きしながらこう言うのである。

さあ、はやく乗りたまえ——

私が驚いていると、彼は私の手を摑んでそのハッチの中へと私を誘うのだ。驚いたことに暗室の地下は宇宙船の操縦室になっていた。様々なメーターが見える。正面には巨大なモニターテレビが置いてあり、宇宙空間を映し出しているのだった。

あなたは?——

私が、彼の顔を見つめてそう聞くと、彼はにっこり笑って、この船の船長です、と答えるのである。私は彼だと分かっているのだが、宇宙服に身を包んだ男は、自分のことを船長と呼んでほしい、と言いはる。仕方なく、私はそれに従った。

夢の中で船長は私をいつも宇宙旅行に連れていってくれる。太陽系を越えて、銀河の果てまで私を連れだしてくれるのだ。宇宙船はワープを繰り返しながら、様々な宇宙空間へと飛んでいく。私がこんなところへ行きたい、あんなところへ行きたい、と言うと、船長は、おやすいごようです、といって、ボタンを押すのである。

何度も宇宙旅行に連れていってもらったが、一番感動したのは、天の川を目の前でみたことだった。真っ暗な宇宙を、きらきらと輝く星の川が縦断しているのである。数えきれない星が、列を作って宇宙を流れていく様は圧巻だった。私が感動してため息をつくと、その度に星の数が増えていくのである。

船長は輝く星たちの中で一番小さな星を宇宙からもぎ取ると、その破片を私の手の中へ押し込んだ。ゆっくり手を広げて見ると、小さな星が私の掌の中で光り輝いていた。

いいの？——

私が彼にそう言うと、船長は、一つくらい取ったって分からないさ、と微笑むのだった。私は船長に抱きつく。彼は静かに私を包み込んでくれる。夢の中のことだと、ある時から分かっていたが、構わなかった。夢の中だからこそ、私は大胆になれたのだ。

私たちは宇宙のただ中で、抱擁を繰り返した。それは現実よりももっと現実感があった。彼に強く抱きしめられながら、私は星たちが流れていくのを見送った。なんともいえないロマンティックな瞬間だった。

夢は必ず覚めるものだ。私の夢も例外ではない。でも、私は暗室で居眠りをする限り、船長とまた会うことができる。

それにあれは本当に夢だったのだろうか。私の手元には、あの時船長がもぎ取ってくれた小さな星の破片が残っている。私の写真が他の人の作品より輝いているのは、その星の光で、焼いているからなのだ。

12

男の背中を撮るのが好きだ。

仕事がオフの時は、男の背中を撮りに出掛ける。いつか「男の背中」というタイトルで個展を開きたいと思っている。

様々な背中がある。背中は無口だが、数多くのことを教えてくれる。一生懸命働いている男の背中は、人間が生きていくことの素晴らしさを伝えてくれる。あんまり素敵な背中に出会うと、シャッターを切りながら、つい目頭が熱くなってしまう。

様々な男たちの背中を撮った。シャツに汗をかいて、ラッシュの電車に乗っているサラリーマンの背中。濡れた汗がまるで世界地図のようだった。朝市で働く男の背中。魚のつまった箱をいくつも抱えて、威勢のいい声を張り上げていた。背中がまるで声を発しているようだった。つるはしを持って、地面を掘っている男の背中。肩の筋肉が隆起していて、そこに太陽の光が反射していた。彼はこの地球を相手に仕事をしているのだ。鮨を握る男の背中。白衣が紙でできているようで、お人形のよう。しかし、少し丸まった神経質な背中は真剣さそのものを表している。尊い職人の背中だ。

木材を背負う男の背中。中華料理を炒めている男の背中。戸籍課の男の背中。縁側で庭をじっと眺めている初老の男の背中。庭師の背中。地下鉄の運転手の背中……

どれもこれも、哀愁があり、人生を真面目に生き抜いてきた温かさと強靭さがにじみ出ている。私はシャッターを切るたびに、感動を覚えて暫くそこから動けなくなった。

男の背中は、なぜあんなに私に訴えてきたのだろう。

父親の背中を見るのが好きだった。書斎で仕事をしていた父の背中を、まだ子供だった私はドアの隙間からいつも覗いていたのだ。

なんの仕事をしているのか分からなかったが、母親に、お父さんの仕事の邪魔をしてはいけませんよ、とよく注意されたものだった。男の背中が神聖なものだということを、あの時知ったのである。

かりかりと鉛筆の動く音だけが耳に届いた。どんな顔で仕事をしているのかは私には分からなかった。ただ、肩が凝っていたのだろう、三十分に一度は、首を回したり、背伸びをしたりしていた。

あの父の背中の印象がずっと残っているせいで、私はきっと男の背中が好きなのだ。一生懸命働いている時の、男の背中は美しい、と子供心に感じていたのである。

彼の背中も、いつも机に向かっていた。

彼と付き合っていた少しの間、私はよく彼の背中を、まるで父親の背中を見るように見ていた。原稿用紙に向かい、黙々と仕事に熱中している彼の後ろ姿は私にとって何ものにも代えられない大切な宝物であった。

いっしょに暮らしていた時なんか、真夜中にふと目覚めると、仕事部屋から明かりが漏れていたりするのだ。こっそり覗いてみると、そこには必ず机に向かう彼の姿があった。左手を机について、右手に万年筆を持ち、丸まった背中は父の背中に似ていた。

私は彼に声も掛けず、何時間も彼が仕事を終えるまで、その姿を見ていたのだ。朝方になって、彼がやっと仕事を終え、立ち上がった時、私は思わず頭を下げた。お疲れさま、と言うつもりだったのに、声が出ず、代わりにお辞儀をしてしまったのだった。

しかし、彼が仕事をしている時の背中の写真を私は撮ったことがない。なぜなら、シャッター音で、彼の仕事を中断させてしまう、と思ったからだ。彼の「気迫」が、私にカメラのシャッターを押させなかったのかもしれない。

あの頃、彼は、何かに取りつかれたように小説に向かっていた。その美しい彼の背中は私の瞳だけが記憶している。

男の背中。それは傍にいた女だけが知っている。世界で一番ひたむきな壁だ。

13

土曜の夜、彼から、呼び出しを受けた。食事をしようと誘われて、雨の中、渋谷に出掛けた。

かつて付き合っていた頃によく待ち合わせをしたレストランだった。放送センターの裏手にある老夫婦がやっている古いロシアレストラン。そこのボルシチが彼の好物だったのだ。

約束の時間より少し遅れていくと、彼はもう来ていた。私たちの他に客はいなかった。雨がそうとう強まってきたので、客足は悪そうだった。

貸切りになるかな——

彼がそう言って笑った。私はずっと用心していた。どうして呼び出されたのか気になった。愛用のカメラを隣の空いているテーブルの上にのせた。彼はじっとカメラを見ている。デジャビュがあった。彼がいて、カメラはいつも隣の空いている席の上にあった。何年も前のことだが、私はよくこの光景を見ていたのだ。

あの頃彼はいつもむすっとしていた。別れが近かったせいもあるだろうが、小説が書けない時期でもあった。何を書いても嘘くさい、と洩らしていた。不精髭を剃らず、いつも部屋の中にいた。たまにそうやって外に出ても、不機嫌な顔は続いた。

私が持ち歩いているカメラを苦々しく見つめていたものだ。いまはどうだろう。私はこっそり彼の顔を覗き込む。彼は美味しそうにロシアワインを飲んでいる。カメラには目もくれない。

どうしたの？　突然呼び出されたんで驚いた。何かあったの？――

彼の妻になった女性のことはさすがに聞きづらかった。私はもう平気だったが、彼が気にするかもしれない。どちらにしても面倒なことは避けたい。

別に、会いたくなっただけさ――

それから私たちはよもやま話をした。不況のことや、出版社の悪口や、共通の友人が結婚したという話など。どれも深い話にはならず、表面を浚《さら》うような薄っぺらな会話がつづいた。彼が何かを言いたがっているのは分かった。でも、こちらからそれを切り出したくなかった。聞きたくないことのような予感がした。なんとなく距離を保っていたかった。

小説は進んでいるの？――

私がそう聞くと、彼はにっこり笑って、ああ、と答えた。

大作だ。世間をびっくりさせるような小説になる――

私たちは笑った。本当だとは思うが、彼がそう言うといつも嘘くさい。にやにや笑いながら、下を向いたまま言うからそう思うのか。彼はボルシチをスプーンで飲みはじめた。私も真似して飲んでみた。外は雨だというのに、スープは温かかった。キッチンの方を見ると、運んできてくれた老婦人と目があった。美味しいという顔をして微笑むと彼女もそれに笑顔で応えてくれた。

私たちはそうやって時間を過ごした。カメラはテーブルの上にのっかったままだった。いつもシャッターチャンスばかり待っている私には、少しの間の休戦だった。毎日寝る時間もおしんで暗室に籠もっていたので、ちゃんとしたものも食べてはいなかった。温もりのある久しぶりの料理だった。

しかし、彼のことが気になる。どうして私をここに呼び出したのだろう。私はデザートに手をつけながら、ちらりと彼を見る。彼もちらりとこちらを見る。私は目を逸らした。いったい何だろう。土曜の夜に昔の恋人と会っていていいものだろうか。気をつかうのはいやだ。私は食べおわったらさっさと帰ろう。

すると彼が突然テーブルの下から紙袋を取り出した。そして低い声で呟いた。

お誕生日おめでとう――

新しいカメラだった。

14

カメラ。それは愛の計測器。カメラを構える人間が被写体に対して愛をどれほど持っているかで、その写真の良さが違ってくる。これは当然のことだ。

子供を撮る父親を見るといい。子供を愛しているからこそ、人前で寝ころんだり、運動会の人込みをかき分けて最前列までしゃしゃり出ることができるのだ。会社ではあんなにぐうたらしているというのに、子供の前では自然と力が湧いてくる。

愛している妻を撮る夫を見るがいい。妻の皺を隠し、角度を計算してもっとも美しい妻を撮ろうとする。なにげない一枚の写真にも愛情の深さは写し出されてくるはずだ。

愛犬を撮る飼い主もしかり。尻尾を振って毎日出迎えてくれる犬のあの素直な顔は、外で働いてきた一家の主にとってどんなに安らぎになるか。今のような時代にも犬たちだけは主人が誰であるかを心得ているのだから。うまく撮れた写真を愛犬に見せて、わんわんと褒められた時の喜びをファミリーカメラマンたちは知っている。

愛の前ではいかなる写真技術も敵《かな》わない。構図も関係ない。被写体の頭が少しぐらい欠けていたって、それは大切な一枚の写真なのだ。いかなる名カメラマンでも写せないような素晴らしい表情を被写体たちはしてみせる。そこには無防備の愛が溢れている。後ろの光景を暈《ぼか》したり、トリミングする必要もない。大切なのは、カメラマンがどれだけ被写体を愛しているか、だ。

愛がなければ、本当の写真は撮ることができない、と私は断言する。私にもし、たった一人の愛する人がいたなら、私はずっとその人だけを生涯撮りつづけていただろう。写真家なんかにならずとも、良かった。たった一人の人のために毎日私はシャッターチャンスを狙いつづけていたはずだ。

ところが、私はまだ、そのたった一人の愛すべき人と出会っていない。もしも彼がそうだったら、と時々思うこともあるが、考えた次の瞬間にはふっと笑いが起こってしまう。

だから私は多くの被写体を愛してきた。レンズを向けた相手をいつも愛するようにしてきた。その瞬間だけ、写真を撮っている間だけ、私はその人と恋をした。

様々な人間を愛してきた。男も女も老人も子供も。レンズ越しに疑似恋愛をしてきたつもりだ。そうでなければ、きっと私はシャッターを押すことができなかっただろう。こうも考えられる。愛することができた被写体しかシャッターを押すことができなかった、と。愛せない被写体は、どんなに好条件の仕事でも断ってきた。それが私の写真家としてのプライドであり、私の仕事の仕方だった。いい仕事にしか興味がなかった。すなわち、いい仕事とは、愛することのできる人間と出会える仕事のことだ。

私の写真が生きているのは、そこに愛という薄い一枚のフィルターを使っているからなのだ。

私は今日もあちこちを飛び回って被写体を撮っている。被写体と短い時間の中で深く心を通わせることができるかどうかが、私の唯一の写真技術なのだ。私が作ったり、媚びたり、その場だけ微笑んだりしても駄目だ。相手は生きている人間なのであり、嘘は写真に現れてしまう。

カメラに向かって微笑んでみてくれる？

私はそんなことを言ったりはしない。被写体が微笑むまで自然に振る舞って待つことにしている。どんなに制限があっても、私は焦らない。いい写真というのは被写体の一番自然な姿だからだ。

しょっちゅうトラブルがある。割り切って仕事をすることが苦手だからかもしれない。しかし、うちとけあって一つになれた時の写真は、本当に素晴らしい出来になる。

被写体の無防備ですずしげな表情を、私はいつも待っている。

15

個展の話が急に動きはじめた。

スポンサーが決まったのだ。大手のデパートだった。男性客獲得に乗り出していたデパートが、働く男の後ろ姿というキャンペーンを組もうとしていたところへ、私の個展の企画——男の背中展——がどこだかの代理店から持ち込まれたのだった。エージェントから話があった時、私は迷わずに引き受けた。

私はピッチをあげて写真を纏《まと》めなくてはならなくなった。数カ月の猶予はあるが、もともとゆっくりと作品を仕上げていくほうなので、なかなか一気には捗《はかど》らなかった。

代理店の人に間に入って貰って、撮影が始まった。

抱えている仕事の合間を利用して、様々な人達を訪ねては背中を撮らせて貰った。

巡業中の力士の背中を撮った。ぶつかり稽古をしている力士の背中は転がるたびについた砂粒のせいで岩のようだった。

レーサーの背中を撮った。ハンドルを握りしめたレーサーの背中には、死と隣り合わせで生きている人間の緊張感があった。

デザイナーの写真も撮った。人がいなくなったアトリエで、一人黙々と線を引き続ける姿は繊細な植物のようで見ていてため息が漏れた。

政治家の背中も撮った。選挙カーの上で大げさに手を振り上げている男の背中ははりぼてのように、滑稽だった。

そして私はある時、彼の背中の写真も撮りたいと申し込んだ。断られるかもしれないとどきどきしていると彼は快諾してくれた。

「代理店の人間なんかに電話させないで、直接君が電話してくれればもっとスムーズだったのに」

仕事部屋で撮影が始まる前、彼は私にそう耳打ちした。仕事としてきちんと私は彼を撮りたかったのだ。いっしょに暮らしていた頃も仕事中の彼を撮ることはしなかった。仕事の邪魔はしたくなかったからだ。

いまなら撮ることはできそうだった。私は写真家としてどうどうと彼の仕事部屋にあがり込み、シャッターを切ることができる。

私は彼の仕事部屋にいた。他の人には遠慮して頂いた。もちろん、彼の奥方にもだ。

私は彼の真後ろに座った。写真機を構え、彼が原稿用紙に向かっている様をファインダー越しに覗き込んだ。

その光景は懐かしすぎた。私は時間を遡ってしまった。二人で暮らしたあの日々が頭の中を過《よぎ》っていった。いろいろなことが思い出された。私が女として生きていけるようになったのは彼との出会いのお陰だった。私は暫くシャッターを押すのも忘れて、じっと彼の背中を見ていた。

「どうした？　写真は撮らないのか」

彼はこちらを向かずに、ペンを走らせたまま呟いた。私は慌ててシャッターを押した。カシャッ、という音が室内に響き渡った。

「懐かしい音だね」

私はつづけてもう一枚シャッターを切った。彼との過去に揺さぶられながら、シャッターを押しつづけた。カメラを脚立から取り外して手に持ち、彼に近づいて撮った。

レンズを通して見た彼の背中は、それまでに撮った誰の背中よりも広く感じられた。

私はカメラがなければあんなに彼に近づくことはできなかっただろう。気がついたら、僅《わず》か一メートルほどのところに立っていたのだから。迷いながらシャッターを押すと、いきなり彼が振り返った。彼はそのまま手を伸ばし、私の手首を掴むと自分の方へと引き寄せた。そしてそのまま私たちは唇を重ね合わせてしまったのだ。予想していなかったことなので私の心は激しく乱れた。すぐ隣の部屋にいるスタッフや彼の新しい人のことを考えると胸の谷間が熱くなった。

私は涙を流した。涙なんかを流している子供の自分に腹をたてながら、ここに来るんじゃなかったと後悔していた。

16

愛が一体どういうものなのか分からない。だから私はいつも写真を撮るのだ。

愛されたいと思うことがある。レンズの向こうにいる被写体たちが自分にはない幸福に縁取られている時など、強く感じる。自分にはないものが愛だと考えるようになったのはいつの頃からだろう。愛とは悲しいものだと思い込んでいたのはいつの頃からだろう。愛は冬空の色をしていると信じていたのはいつのことだろう。

私はセルフポートレートを撮ることにした。自分のなまなましい形を写真にしてみたくなったのだ。そこに愛の欠落の原因が写し出されるかもしれないと考えてのことである。

街に出た。そこにいる自分を撮ってみたかった。他人にどんなふうに自分が見られているのか興味が湧いた。

雑踏の中にいる私。

誰かに道を訊ねている私。

声を掛けられるのを待っている私。

ショーウインドーの前を通過する私。

信号機の前で信号が青に変わるのを待っている私。

大通りのベンチで放心している私。

愛されたいと願っている私。

電話ボックスの中にいる私。

私、私、私……私はカメラを様々な街の隙間に仕掛けた。そしてシャッターが降りるタイミングに合わせてその前を通りすぎた。他人の目には自分がどう映っているのかを知りたかったのだ。

またある時、カメラの前で脱いでみた。勿論これは室内でのことだ。もっと自分をさらけ出したいと思ったからだ。裸になって、それを自動シャッターで撮ってみた。剝き出しの自分を写すことで、そこに私の知らない自分がいないかと思ったのである。

シャッター音がするたび、私は恥ずかしさに身を捩《よじ》った。あばらが見える胸、骨盤が見える腰。見えすぎてしまう私の身体。

出来上がった多くのセルフポートレートを大きく引き伸ばして焼き、壁に張ってみた。

覗き込まれた無数の私がそこにはいた。妙な顔をしているものばかりだった。私は普段こんな表情をして生きているのか。こんなに間の抜けた顔をしていつも歩いているのか。それらはいつも朝、化粧台の前で見つめる自分の顔とは大違いだった。私の顔はどれも自信がなかった。おどおどしていた。雑踏の中で私だけがぼんやりしていた。厳しさに溢れた周りの人間たちとは全く違っていた。

裸の写真はもっと酷かった。自分で自分を抱き抱えたものばかりで、掌で一生懸命体を隠そうとしているのだが、それがかえってスタイルを可笑しくさせてしまっていた。

子供の頃の自分を思い出した。引っ込み思案で臆病だった頃の私。一体私は何に対してこんなに怯えているのだろう。

私は被写体として失格だった。

愛されたい、と顔に出しすぎていた。この表情を見せているうちは、私は弱みを他人に突かれつづけることになるのだ。

愛することは恐れることか？

私の愛は、いつも恐れに付き纏われていた。何者かに追いかけられるような夢の連続だった。

もう追いかけ回されるのは御免だ。

私は自分のセルフポートレートを破りはじめた。壁から一枚取って、思いっきり破った。ばりばりという音がした。自分の写真を破ることで、生まれ変わろうとしたのだ。

強くならなければならない。愛は何よりも強い心がなくてはならない。どんなに揺さぶられても、一本の巨大な樹木のように平静を保てなくては続かない。

私は強くなる。まっすぐにレンズを見つめなくてはならない。

17

もしもし、何をしているんだい？――

何も。朝からずっと家の中にいたのよ。そしたら夜になってしまったの――

どうして出掛けなかったんだい？――

めんどくさくなって――

友達はいないの？――

友達？　そうね。勿論、いるわ。いるけど、会いたいとは思わなかった。一人で過ごしたい時だってあるでしょ？――

ある。そういう時の方が多いな。今も、そういう気分なのかい？――

何が？――

だから、一人で過ごしたい気分？――

別に、今はそうでもない。だからこうして電話で話しているんじゃないかしら――

そうか。なら少し外に出てみないか？――

今から？――

そう。今すぐ君に会いたいんだ――

いいわ。どうせ気分がふさぎ込んでいたところだから――

私は見知らぬ男と約束をしたが、その男との待ち合わせの場所には行かなかった。

タクシーで適当な街まで行き、そこで降りた。深夜のことだ。

街には昼間のような賑わいはまるでなかった。ひっそりと静まり返っている。デパートの前で小型写真機を取り出し、街灯の明かりで客を待つタクシーの群れを撮った。風に力があり、人の姿は疎《まば》らだ。

私は歩いた。深夜の街にも少しだが人はいた。すれ違いざまに、男に声を掛けられた。

見開いた目は充血している。何を求めてこんな時間に歩いているのだろう。私のような眠れずにこのこと彷徨《さまよ》っている女を探しているのだろうか。

どこへいく？——

男は私に声をかける。

私は無視して通り過ぎる。興味が湧き起こるが、立ち止まるのは危険だ。

どこへいくんだい？　こんな時間に——

男はもう一度声を投げかけてくる。

私は黙って歩く。光量の多い安全地帯へ。

男は私の後ろをつけてくる。コートの襟が立っていて、その中で男の充血した目がぎらぎらと光を放っている。私の歩く速度に合わせて、男は器用に後ろを歩きつづける。

この男を撮りたい、という衝動に駆られる。横目でちらちらと男の様子を窺う。彼はにやにやと笑っている。いやらしい笑いだ。私の住む世界の人間とは違う。

よお、どこ行くんだよ。こんな時間にふらふらしているとあぶないぞ――

写真機を握る手に力が入る。

これから、どこか、いいところへ行かないか。あたたかくて、静かな場所を知っているんだ――

男が接近してくる。オーデコロンのきつい匂いが鼻をつく。遠くでサイレンの音がする。私が街灯の下で立ち止まる。男が、おっ、という顔をした。

つきあってくれるのかい?――

私は次の瞬間、ポケットから小型の写真機を撮り出し、彼に向けて、シャッターを切った。機械的な音が深夜の街に響く。

タクシーが徐行しながら私たちの前を通り過ぎていく。

男はきょとんとした目を見開いたまま、シャッターを切りつづける私を見下ろしている。

私は男の後ろへ回りこんで、シャッターを切る。背中を撮る。男が振り返る。街灯の光が網膜の中で光の点になっている。

何だよ。何で写真なんか撮るんだよ――

私は黙々と撮る。男の顔の表情が変わってくる。眉間に皺が寄り唇が突き出してくる。

おい、何で写真なんか撮るんだ――

男が私の腕を掴もうとする。私は写真機を後ろに隠す。巡回をしているパトカーが視界に入る。大声を張り上げる。男の脇を潜り抜け、パトカー目掛けて路上に飛び出す。

パトカーの写真を撮る。

18

私は小さな植物の写真を撮った。

彼と待ち合わせていた喫茶店の入口の花壇に植えられていた花だ。ビル街の中心部に、人工的な花壇が異質な存在感を投げかけている。

美しいと思ったのは、何故だろう。小さな花が巨大なコンクリートのビルディングの真ん中で精一杯、開花していたせいだろうか。土のない世界で、生きている植物の逞しさに心が動いたせいだろうか。

光もそれほど差し込まないオフィス街の一角で、その花は花としての人生を全うしようとしていた。

私はシャッターを切った。なぜ写真を撮っているのか、とぼんやり考えながら……

風が吹くと花が揺れる。

私たちは窓辺に座った。通りを行く人々を彼は眺めていた。

私は花壇の花を見ていた。

黙ったまま時間が過ぎていった。彼は三杯目のエスプレッソを注文した。私はアールグレイをお代わりした。

老婆が杖をつきながら、ゆっくりと角を曲がりこちらへと歩いてきているのが見えた。写真機を構えてタイミングを待つ。ガラスに映った彼の横顔が老婆の姿に覆いかぶさる。私はシャッターを切った。

老婆は私の方を見る。目を細め、じっと私たちを見ていた。私はもう一枚写真を撮った。彼女は暫く私の方を見つめていたが、瞬きを数度しただけで、再び歩きはじめた。亀のようにのろい歩きだった。

ガラス窓には彼の横顔だけが残った。

大きなトラックが一台、店の前の路上に止まる。若い運転手が降りてきて、荷物を下ろしはじめる。

運転手の逞しい腕に筋肉が浮き上がるたびに、私はシャッターを押した。ガラス窓には彼の顔が映っている。光が差し込み、輪郭を浮かび上がらせている。若い運転手は彼の輪郭の中で作業をしている。

彼の目は、私の方を見ていた。じっと私が写真を撮る様子を見ていた。

どうして私は写真を撮るのか。私は運転手の腕にピントを合わせながら考える。何も考えずに、荷物を店の前まで運んでいる男の黙々と働く姿が気になる。私は、一度写真機から顔を外し、青年の滑らかな動きを追いかける。

その肉体の流れは、前の老婆のものとは違うが、やはり同じような、どこか神々しい絶対的なリズムに支配されている。

私はファインダーを覗き込む。

銀杏《いちょう》の街路樹が見える。そこには光が多量に差し込んでいる。少し身体を低くすると、街路樹の全体を捕らえることができた。勿論、ガラス窓に映った彼の顔も、光にかき消されながらもうっすらと浮かび上がっている。

強い風が吹くと、木々が揺れ、黄色い葉が一斉に飛び立った。蝶の大群が、コンクリートの谷間を舞うかのように空間が彩られていく。

私は慌ててシャッターを切った。街中に舞う銀杏の葉。生きているかのように風に乗って飛んでいく蝶の大群。

外を急ぐ人々が無数の葉に包まれていく。老婆もトラックの若い運転手もみんなみんな包まれていく。

葉は地面に到達すると動かなくなる。

ガラス窓に映った彼の顔は、相変わらず通りを見つめている。彼が考えていることは分からない。彼は私ではないからだ。彼も私が考えていることは分からない。私は彼ではないからだ。

私は彼の方へ写真機を向ける。そしてただ静かに、彼が私の方を向くのをじっと待ってみる。横顔は、まるで私という存在に気がつかないようにじっと窓の外を見ている。
彼はいつまでも視線を私には向けない。
私のアールグレイはすっかり冷めてしまっている。

19

写真展が近づいてきた。準備に追われて夜も眠れない日が続いていた。いつものことだが、私は写真展が近づくと寝不足になってしまう。身も心もぼろぼろの状態が続く。そういう時はあんまり人には会いたくない。なのに、そういう時に限って人が会いにくる。

インタビューを受けるのは苦手なのだ。話すのは好きだけれど、何かを言葉で伝えるのは苦手。意味もないことをだらだらと喋るのはいいが、自分を売り込むのは下手なのだ。ただ自分の作品を見て貰えればそれでいいのに、といつも思う。でも、そうはいかない。写真展の主催者が、宣伝のために受けて欲しいと言ってくる。一人でも多くの人に写真を見て欲しい、という気持ちは同じだ。仕方なく私はそれらの人達と向かい合う。

その日のインタビュアーは彼だった。

どうしてあなたなの？

私が驚いて聞くと、彼は照れ笑いを浮かべながら、なんとなくこうなってしまったんだ、と言った。

彼が連れてきたカメラマンが女性だったことがなんとなく気に障った。彼とその女性は昔からの知り合いのようで、やりとりの中に親密な感じが漂っている。女性カメラマンは私のことを意識している。私には分かる。彼女が私という存在に触れたがっているのが。レンズの向こう側にある、興味津々の目が見える。

今回の写真展はどういう意図で、企画されたのですか？――

彼がいきなりそんなことを言いだすので、可笑しくなって笑いだしてしまった。彼も笑ってしまう。女性カメラマンも笑う。付き添っている雑誌社の編集者も笑う。

駄目よ、そんな真面目な顔して聞いたって。もっと、私をリラックスさせてくれなきゃ、本当のことは喋れないわ――

彼は、微笑みながら、厳しいこと言うなよ。俺だってこんなことするのはじめてなんだから、と言う。

じゃあ、なんでこんな変なことするの？

私は女性カメラマンの顔をちらりと見てから彼に言った。

なんで？　なんでだろう。インタビューしたかったんだ。個人的には君のこと良く知っているつもりだったけど、本当のところ僕は君の何を知っているんだろうって考えたんだ。そういえば、君の仕事のことはあんまりよく知らない。例えば写真を何故撮るのか、とか。君にとって写真とは何か、とか。どういう気持ちで写真をいつも撮っているのか、とか。どうして男の背中なのか、とかね――

私はじっと彼の目を見た。確かに彼とは、あまり仕事の話はしたことがない。彼が私の仕事を認めてくれたようで、正直に言えばうれしかった。

じゃあ聞くよ。君はどんな写真を撮りたいの？――

私はじっと彼の目を見た。シャッターが切られる音がした。不思議な気持ちに包まれる。私はいったいなんでインタビューを受けているんだろう。私は人々に見つめられている。その中心に彼がいる。私はインタビューされる側なのだ。心が落ちつくまで私は待った。

私――

声で喉がつまる。言いたいことはいくらでもある。なのにそれを言葉にするのがこれほど難しいなどとは考えたこともなかった。

私、斬新な写真や奇抜な写真には興味がないんです。そういう写真は、二度見た時には飽きてしまうでしょ。最初のインパクトはあるかもしれないけれど。私が撮りたい写真は優しい写真。柔らかい写真。夕日のように心が癒されるような被写体なんです。そういう写真はずっと付き合っていられるから――

彼の顔が優しい笑顔になった。いままで一度も見たことがない笑顔だった。その顔を撮りたいという衝動にかられたが、私の手元にカメラはなかった。

20

写真展がはじまった。デパートの中にあるギャラリーには大勢の人が集まってきた。私の写真が目当ての人もいるが、なんとなく暇なので時間潰しにふらりとやってきたという人もいた。いずれにしても、こんなに沢山の人が自分の写真を見に来てくれるということが嬉しかった。私は、やってくる人達すべてにお辞儀をした。

友人たちもやってきた。評論家らしき人物の姿もあった。若者たちもいた。年配の人もいた。いかにも写真好きという人が目立った。女性カメラマンを目指す若い女の子からは声も掛けられた。

彼がやってきたのは、初日の夕方だった。

盛況だね――

彼はぐるりを見渡してからそう言った。

男の背中なんて、君にしては地味なタイトルの写真展だったから、少し心配していたのに――

くすくすと笑う彼の笑顔の奥に、優しさが見えた気がした。どうしてこの人は私に優しくするようになったのだろう。昔はもっと冷たい人だと思っていたのに。いままでの写真展には、ほとんど顔を出さなかったくせに。私には、そのへんの彼の心変わりが気になった。

なんかあったの？――

何？　なんかってなんだい？――

どうしてインタビューをしに来たり、写真展に来たりするようになったの？　あなたはいつも自分のことしか考えていない人だと思っていたわ――

すると、彼は照れくさそうに微笑んだ。

君が大事な人だって、最近気がついたからだよ――

今頃？　私は声をだして笑ってしまう。彼もつられて声を出して笑いだしてしまった。私たちはずっとそこで立ち話をしていた。

あの――

少しして後ろから、女性の声がした。振り返ると、中年の女性が立っている。女は彼に向かって、この写真を撮った方ですか、と聞いてきた。写真家と間違えたのだ。彼は笑いながら私を指さした。

あなたが――

中年の女性は驚いて、私の顔をじっと覗き込んだ。買い物の途中に、ふらりと立ち寄ったに違いない。カメラマンが誰かも知らなかったのだろう。私は素直に、これらはすべて私が撮った写真ですよ、と答えた。

女はじっと私の目の奥を見つめてきた。

好きな写真があるんです。あの奥にある写真。あれね、私のはやくに亡くした父親に似ているんです――

その人はそういうと少し目を潤ませた。彼女が指さした写真は、私が新潟の漁港で撮った漁師の後ろ姿だった。白くなった不精髭が僅かに見えた。目も鼻も口も分からないが、その女性には自分の父親の顔が見えるのだろう。そんなふうに何気なく写真展に立ち寄った人の心に、私の写真が忍び込めたことが嬉しかった。

いい父でした。いろいろ世話になったのに、何もしてやれなかった。何かしたかった、と思った時にはもういないんですよ――

彼が真面目な顔つきで私の顔を見た。私は言葉を探し出すことができずに、じっとその女性の顔を見ていた。遠い過去を思い出している涼しい目をしていた。

いい写真ばかりですね。涙が出てきましたよ。頑張って下さいね。これからも。また見に来ますから――

私は見ず知らずの人に励まされ、思わず頭を下げた。女はゆっくりと私たちの前を通りすぎていった。優しい背中が見えた。私は慌てて小型カメラを取り出し、シャッターを切った。

彼も私も暫く黙って、私の写真を見ている人々の後ろ姿を見ていた。背中の写真を見る人々の背中を、私たちはじっと見ていた。そこには素晴らしい人生の断崖があった。

21

写真展の最終日。誰もいなくなった会場は、照明もほとんどが消えて、人々の喧騒が昔日の祭りの賑わいのように、記憶の隅をぼんやりとつつくだけで、張り詰めた空気はもう動くこともなかった。

スタッフが会場の外回りの撤収作業をはじめている。私はその間、会場の中に飾られたままの写真たちとおとなしく向き合っていた。

長い年月掛かって、撮りつづけてきた写真たち。商業写真とは違って、ライフワークとして撮りつづけてきた作品たち。それは私の写真との歴史そのものと言っても過言ではない。

流れている時間を感じながら、私は静かに会場のぐるりを観察する。音が止み、静寂がはじまった会場の中央に立ちすくんでいると、私は急にそれまで蓄積していた力が両足を伝って床の方へ逃げていくのを感じた。

私は正面の壁までゆっくりと歩いてみた。そしてそこに掛けられていた一枚の写真を壁から外してみる。

男の静かな背中が、そこにはあった。浮かび上がる背中は、私に何かを語りたがっていた。

寡黙というのは、本当はお喋りなのだ。そしていい男の背中というのは、逃げているように見えるが本当はずっと待っていてくれている。

私が額に入っている写真を抱き抱えた。

ありがとう——

自分が撮った写真に向かって、そう呟いてみる。

私は写真の中に写っているどこの誰だか、もう捜し出すことのできない男のことを思い出しながら、感謝した。その瞬間、写真から温もりが伝わってきたような気がして、思わず感情がゆるんでしまう。

何かに囁かれたような気がして、私は振り返った。人のいない会場なのに、多くの視線を感じた。

あ、

言葉が喉を焼く。私は自分の目を疑った。会場の壁に掛けられていた写真の中の男たちが振り返っているのだ。背中越しに男たちはみんないっせいに私を見ていた。

いい男たちだ、と言葉にする。

みんな本当に生きている男たち。

なんて素敵な男たちの背中を私は撮ってきたのだろう。中には話したこともない背中もある。頼み込んで撮らせて貰った背中もある。知り合いの背中もある。愛した男の背中もある。愛された男の背中だってある。

しかしどの男たちの背中も、私が何かを感じた、今を生きる人間の背中なのだ。

こみ上げてくるものがあった。撤収作業の中で、はじめてその写真たちの本質が見えた気がした。

この男たちは、私がずっと捜し求めていた男たちなのだ。そして、彼らはこうやって私を待っていてくれた。

振り返っている男たちは、みんないい顔をしている。うっすらと笑みを浮かべて、私を愛してくれていた。

私は持っていた額を強く抱き抱えると、深々とお辞儀をした。心の中で何度も、ありがとう、と唱えながら。

頭を上げると、写真の中の男たちはみんな正面を向いてしまっていた。

再び、背中があった。

スタッフががやがやと会場に入ってきた。声が飛び、額の中の写真は一つずつ壁から下ろされ、梱包されていく。

私は静かにそれを見ていた。写真を一生の仕事にして良かった、と思いながら、自分が持っていた写真をスタッフに手渡した。

撤収作業は進んだ。写真が全て会場から搬出されると、そこにはただ一人の女である私が残った。

22

私は彼と今、二人きりで、密室にいる。

彼に誘われるままこんな場所に来てしまったことを少しだけだが、後悔しはじめている。

いったい何をする気？

彼はじっと私を見つめている。私もじっと彼を見つめている。言葉なんか意味をとっくに失っている。

彼と自分との距離のことばかりが気にかかる。

何もかもが、蘇ってくる。こうしていると、過去、二人の間に起こった様々なことが蘇ってくる。まるで彼が次の瞬間に死んでしまうような気がする。

彼は立ち上がって、私の方へ近づいてくる。私は彼を拒むべきか受け止めるべきか分からない。分からない、ということは受け入れる、ということに違いない。

静かに触れる彼の触手に、私の肌の毛穴たちはさざ波を打ちはじめている。

何をするの――

と言いかけて、言葉は急にハンドルを切ってしまう。

「早く、抱きしめて」

彼の手が私を包み込む。ずっと忘れていた感覚に、背筋が震えを起こす。

頭の奥に、二人で見た夜空に掛かる天の川の星たちが明滅する。それは私の空想原野を越えて、私の生命としての絶対的な領域を越え、宇宙をも、自我をも越えて、遥か彼方へ飛び去り、そしてビッグバンの巨大なエクスタシーの渦を伴って、再び私の意識を覆い尽くそうとする。

瞼を強く閉じているのに、私には彼と見てきた多くのものが見えはじめる。

あの頃、私は目覚めると、彼がいることに驚いていた。自分の横で眠っている彼の素朴な顔を見て、生きているということはこういうことなのか、と驚いたものだ。皮膚が触れ合うということは感情が触れ合うということなのだ、と知った。皮膚の下に感情があるのだ、と知った。かさかさの唇をなんども自分たちの唾液で濡らしながら、愛し合った日々を思い出した。

私たちは、知り合った頃から、今日までの長い時間の弛《たる》みに包まれて、その中で半透明の眠りから目覚める瞬間を待っているのだ。

彼は、何かを後悔するように私を抱きしめている。取り戻せるのなら、全てを最初からやり直したい、とでも言うように強く私を抱きしめている。爪が私の皮膚を突き刺し、感情の突起にまで達している。痛みは、心地よいほど、私を口説きつづけている。
しかし私は、
私は、彼を額の中に押し込めるつもりなのだ。
抱き合うことで、彼を拭いさるつもりなのだ。彼を額の中に押し込めるつもりなのだ。

私たちは、皮膚で交接を続けた。皮膚の擦《こす》れあう音が聞こえるほど求めあった。ただし、双方の思いは別々なのだ。私の名を彼は呼ぶが、私は彼の名を呼ぶことは、決してない。


朝が来る。私たちは、昔のようにまた朝を迎える。横に彼がいるということに、私はもう驚いたりはしなくなっている。

これも、写真を続けてきたお陰か。

密室を出ると、外の光に優しく出迎えられる。太陽が眩しくて、彼は目を窄《すぼ》めている。

「どうする？」

躊躇《ためら》いがちに、そう彼は呟く。

「どうもしないよ。ありがとう」

「ありがとう?」

彼は不思議そうな顔をしている。私は微笑んでいるだけだ。

彼がゆっくりと坂道を下りはじめると、急いで鞄の中からカメラを取り出し、その背中に焦点を合わせ、シャッターを押す。

カシャ、と乾いた音が響き渡る。

彼が振り返る。やはり時間は意味をなさない。私は彼に背中を向けると、陽光の降り注ぐ坂道をゆっくりと上りはじめる。

新しい被写体を探すためにだ。

あとがき

「またね」

旅ばかりしている。どこか遠くへ行くという、いわゆる旅行というものも多いけど、ふらっとどこかへ出掛けて行ってはぼんやりと何かを眺めているようなものが好きで、そういうのをぼくは旅と呼んでいる。それで大抵は見知らぬ土地でどうでもいいようなことを思ったり想像してみたり考えたりしている。それは実に楽しいことだ。

遠くの世界、という言葉が好きだけど、世界はどんどん狭くなって、辺境なんてものはあまり存在しなくなった。辺境があったのは八十年代の終わりくらいまでで、テロが盛んな今は辺境なんて幻のようなものだと思う。太古の歴史、とか、アマゾンの鰐、とか、ヒマラヤの遺跡、とか、密林の部族、とか、アザラシの世界、とか、オーロラの謎、とか、そういう言葉にもうあまり踊らされなくなったし、驚かされない。

テレビなんかでピラミッドの調査隊がミイラを発掘したり、古代文字の解読に生涯を捧げている人の番組をやっていても、子供の頃に夢みたような、ロマンは感じない。神秘の世界「エジプト」なんて書かれた旅行会社の宣伝をいつも冷やかにみてしまう。それらの作られた辺境には商売の匂いと動物園の狭い檻に閉じ込められたライオンを見に行くようなもの悲しさを覚えてならない。

だからぼくはいつのころからか遠出をしなくなったし、してもそこに過大な期待など持たなくなった。目の前に砂漠が広がったり、ツンドラ地帯の寂寥とした世界が横たわったりしていても、そういうビジュアルだけで、地球の果てとはこうだ、と納得したり哲学したりはしなくなった。むしろ、低い空や、陰った雲、どんよりと流れる川、工業地帯のどこまでも続く塀とか、突然目の前に現れた名もなき国道、移民船、パスポートコントロール、閉鎖された空港、石油が出ない油田地帯、無名戦士たちの墓、都市の真ん中にぽっかりとあいた空き地、アメリカ大陸を横断してきた貨物列車の群れ、野犬、マンゴー売り、マカオの路地裏の少女の足元、ハワイのコンドミニアムの壁、教会に集まる鳩、路上のガラス片に照り返す光、なんかに「遠く」を感じる。

それは距離の問題ではなく、意識の問題なのである。商業的な辺境よりも、身近にある寂寥とした世界にこそ、ぼくは物語を覚える。何気ない日常の日溜まりの中をいつも旅していたい、と思う。そういう想像力の中で小説や詩や音楽や映画などを作っていけたら、それでいい。

ここに編まれた一つの短編集はそれぞれ一度は書物の国を旅してきた作品ばかりである。最初の幾つかの短編は「錆びた世界のガイドブック」という写真集のために書き下ろした旅のスケッチ。カメラを持ち歩いて旅をしていた時期の、観光地なんだけど誰も意識してみることもないような寂れた場所ばかりを紹介するという、風変わりな写真集とセットになった掌編たちだ。これはこれで面白い写真集なので絶版になる前に一度はどこかで捜し出して見てもらえたらうれしい。ずっとあんな風に世界を眺めて旅をしつづけてきた、という目線が分かっていただけると思う。

「超越者」は日本画家で友人の千住博氏の画集に収録されている。彼は、宇宙に流れる滝や、砂漠をあるく老人や、ハワイの火山の溶岩なんかを描いている日本を代表する孤高の画家だが、彼の創造力とのコラボレーションはまさに刺激的であった。

最後の「愛の工面」はかつて毎日新聞の出す雑誌「アミューズ」で連載されたものだが、カメラを通してみる世界を描いた、とっても好きな作品。人間と人間の距離、あるいはその不可思議な関係について考察したもので、じつはこの小説がもっとも自分らしい作品なのではないか、と考えていたりする。

幻冬舎の編集者イッシーこと石原正康氏とは、よく旅をした。それぞれ気がついたら、もうずいぶんと大人になってしまった。感謝しつつも、またこういう本が生まれたことに縁の不思議を思う。

パリにいた今年の夏、ふらふらと歩いていたら、背後から親子が走ってきた。お母さんと娘さんだった。握手をしてほしい、愛読しています、と言われた。あまりの不意打ちで、警戒心ばかりが強くなっていた時期のぼくは、ごめんなさい、と頭を下げてしまった。その人たちはすぐに引き下がったが、隣にいた人は、いいの？　という顔でぼくを見た。後悔というのはそんなプライベートな旅先でさえ起こるものなのだ。後悔が残った分、その人たちはぼくの中でしっかりと記憶されて小さな物語を残した。その親子とぼくは心の中で握手をしたのだと思う。そういうものを大切にしたい。いつもありがとう、そして、またね。

初出

「朝はいつだって歯磨きから始まる」
「万華鏡」
「気をつけて、あなたの背中には、つねに太陽が迫っている」
「彼女は宇宙服を着て眠る」
「盛夏」（以上『錆びた世界のガイドブック』幻冬舎）
「超越者」（『大徳寺聚光院別院襖絵大全』千住博　求龍堂）
「愛の工面」（『愛の工面』幻冬舎文庫再録）

彼女《かのじょ》は宇宙服《うちゅうふく》を着《き》て眠《ねむ》る

辻仁成《つじひとなり》

平成14年12月25日　初版発行
発行者――見城徹
発行所――株式会社幻冬舎
〒151-0051東京都渋谷区千駄ヶ谷4-9-7
電話　03(5411)6222(営業)
03(5411)6211(編集)
振替00120-8-767643
印刷・製本―図書印刷株式会社
装丁者――高橋雅之
万一、落丁乱丁のある場合は送料当社負担でお取替致します。小社宛にお送り下さい。
定価はカバーに表示してあります。

幻冬舎文庫
ISBN4-344-40303-7　C0193　つ-1-5